영혼의 산책

남대석 수필집

영혼의 산책 남대석 수필집

초판 발행 2015년 6월 8일 **지은이** 남대석
펴낸이 안창현 **펴낸곳** 코드미디어 **북 디자인** Micky Ahn **교정 교열** 성건우

등록 2001년 3월 7일 **등록번호** 제 25100-2001-5호
주소 서울시 은평구 갈현1동 419-19 1층 **전화** 02-6326-1402 **팩스** 02-388-1302
전자우편 codmedia@codmedia.com

ISBN 979-11-86104-12-5 03810

정가 12,000원

영혼의 산책

작가의 말

책자를 내며

이 책자는 인생의 여로에서 겪은 희로애락의 혼이 담긴 그릇이다.

필력이 부족하여 저술하고자 하는 본의를 그르치는 사례가 우려되오나 너그러이 봐주시리라 믿고 나의 생애를 진솔하게 담아보는 바이다.

사람은 무엇 때문에 사는지 무얼 하기 위하여 살아가는지는 자세히 알 수 없으나 잘 살려는 욕망은 인류가 함께 가지는 염원인 줄 안다.

그러기에 만물의 영장인 인간으로서의 도리와 미풍양속을 계승하기 위하여 자라오며 보고, 듣고, 느끼고, 생각하고 깨달은 것을 수필이란 이름으로 펼쳐보게 되었다.

모쪼록 이 글을 통하여 잘 사는 길을 모색하여 아름답고 행복을 누리는 데 이바지하길 바라고, 좋은 글을 쓸 수 있도록 성원해주시길 기원할 따름이다.

부디 행복하세요.

2015년 6월에

지은이 시농 南大錫 시인·수필가

contents

01

천륜을 일깨우다

02

노 잃은 뱃사공

contents

04

내 가슴을 메운 회포

contents

人生이란 끊임없는 幸福 추구이다.

천마행공불수편. 河南 류한상 은사님

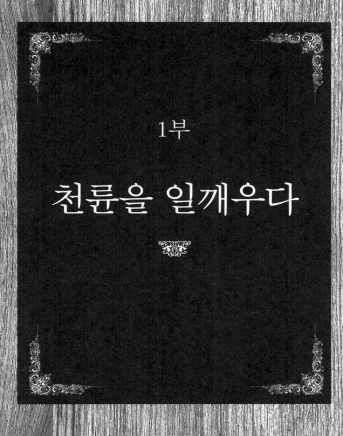

1부

천륜을 일깨우다

스승은 있어도 제자는 없다한다
까치 새끼 부럽다
외톨이 된 잉꼬
원한을 달래다니
영혼의 산책
어버이 성하실제 섬길 일 다 하여라
세상살이 너무 어렵구나
담 밖의 죄수들
천륜天倫을 일깨우다

스승은 있어도 제자는 없다 한다

언론매체뿐만 아니라 세간世間에서도 '스승은 있어도 제자는 없다.'는 말이 회자된다. 제자 없는 스승 봤나 스승 없는 제자 있나. 스승 따를 제자 없나, 참된 스승 없단 건가. 나 역시 못난 터라 하숙비 모자라는 박봉에 시달려도 천직이라 여기며 내 청춘을 바친 교직이다. 내가 담임한 천이백이 넘는 제자들이 성실히 사회에 공복公僕하고 있는데, 그 공적은 간데없이 사제지정 어찌하여 청천벽력 같은 말이 웬 말인가 싶다.

그 많은 정경유착 감쪽같이 감춰지고, 탐관오리 그 떡값은 들추고도 묵묵한데 어찌하여 선생님들 사랑의 매는 왜 그리 말이 많고, 그 촌지는 얼마인지 어이하여 시끄러운지. 그 옛날은 서당에도 홀치리(싸리로 만든 매)가 있었고 책거리 떡을 미덕으로 여겼다. 굳이 오늘날의 '매'와 '촌지'가 세상을 시끄럽게 하니 그 영문을 밝혀 이를 귀감龜鑑으로 삼아야 옳을 것이다.

세론世論에 분분紛紛한 사제지정과 매와 촌지는 사제지정을 탓하는 것인지 아니면 이를 빙자하여 문교정책과 학교 교육을 탓하는 것일까? 오늘날의 교육 관계자들은 깊이 각성覺醒하여야 바람직할 것이다. 백년대계의 교육정책이 조석지변하고, 문교행정이 불신을 일삼고, 학교 교육은 갈피를 잡지 못하고, 치맛바람이 거세어 교사들은 우왕좌왕하다 보니 이에 악영향을 직접 받는 이는 자라나는 우리들의 후예들이다.

민국건립 이후 우리가 교직에 몸담았을 때는 모든 부형들은 담임선생만을 의존하였고, 수험공부는 학원이 아니라 전등을 켜고서도 학교에서 열성을 다해 가르쳤고, 잦은 숙직에 도둑맞아 변상하기 일쑤이고, 사무직이 따로 없어 온갖 잡무에 시달려야 했고, 체육 교사도 따로 없어 온갖 운동선수들을 선생님들이 지도하느라 얼굴을 태우고 온몸은 땀과 흙투성이로 뒤범벅이 되었었다.

어찌 그뿐인가 어린이들을 데리고 가서 시국행사 치르는

데 들러리를 서야했고, 마을을 다니며 문맹퇴치를 일삼았고, 아침마다 마을 청소를 하였었고, 꽃길 조성을 하였었고, 집집마다 태극기를 꽂아 주고 문패까지 달아주고, 교장 교감 수업시찰에 좌교수 어림없고, 일제고사 자주 치러 학습지도 능력을 평가받았다.

연구수업 연구발표가 끊일 날이 없었고, 밀려드는 새로운 학습방법을 강요당해 시행착오를 일삼았을 뿐 아니라 학습환경 구성을 심사 받아 넓은 벽을 다 매우고도 모자라 천장에까지 매달았고, 출퇴근 시간은 있으나마나다. 심지어 안동 시내를 쫓겨나는 시입市入고사도 강요당했다.

이와 같은 노력과 고충을 견디어 온 보람으로 열강의 기틀을 구축하였음은 자타가 공인하는 사실이다. 아직도 천직이었던 교직에 대한 애착이 남아 있어 앞날의 국운을 감당해 줄 우리의 후손들을 잘 가르쳐 주기를 바라는 간절한 당부이다.

결코 누구를 비방하려는 것도 아니고 원망하려는 것도 아니다. 페스탈로치처럼 위대한 교육자가 되라는 것도 아니다. 각자가 맡은바 소임에 얼마나 진지하였는가를 양심에 반조하는 계기가 되었으면 하는 바람이다.

나는 제자들을 남 못지않게 사랑한다. 때로는 끌려가기도 하고 찾아가기도 한다. 장성한 모습들을 볼 때마다 살아온 보람을 느끼고 살아갈 희망을 품는다.

　내가 애타게 바라는 것은 교육은 백년대계이다. 문교정책은 조석지변 하지 말고, 교육행정은 공명정대하여 교원의 사기를 앙양하고, 부모들은 자기의 아이만 위할 것이 아니고, 교사들은 맡은 바 소임에 사명을 다하여 사랑하는 우리 후예를 공교육만으로도 훌륭하게 자랄 수 있는 날이 하루 속히 다가오길 학수고대鶴首苦待하여 볼 따름이다.

까치 새끼 부럽다

모처럼의 휴일이라 늦잠자다 일어나서 문밖을 나섰더니 화사한 봄 날씨에 창공은 푸르고 바람 한 점 없는데다 태양은 눈부시다. 우리 안의 돼지는 목을 들고 내다보며 배고프다 꿀꿀대고, 닭장 안의 병아리는 삐약삐약 거린다.

먹이 주고 모이를 주고 나니 처마에 내어 놓은 화분들이 날 좀 보라 시샘을 한다. 화분들을 보살피며 물을 주고, 가꿔 놓은 꽃밭을 말끔히 매고 나서 빠진 일이 없나하고, 뜰 안을 둘러보니 아내가 끌어다 둔 기다란 갈비(소나무의 낙엽)더미 담장을 이루었고, 추녀 끝엔 제비가 언제 새끼를 쳤는지 어미 제비는 분주하게 먹이를 날라 온다.

흘린 땀을 씻고 나니 화창한 봄날이라 어디론가 훨훨 떠나가고 싶지마는 그럴 형편이 못되니 쓰린 가슴을 참아내며 방구들을 질 수밖에 다른 방도가 더 있는가. 휴우, 한숨을 쉬고 낮잠이나 자려고 방바닥에 등을 붙이니 싸늘한 온돌냉기가 온몸으로 파고들어 시원하기 그지없다.

낙원이 따로 있나 "무릉도원 예 아닌가!"하고 갑갑함을 달래며 부엌에서 스며드는 아내의 콧노래를 자장가로 삼아 소르르 잠들었다. 단잠을 곤히 자다가보니 울어대는 까치들이 단잠을 깨운다.

'반가운 소식이 오나보다.'하고 부스스 눈을 뜨고 문밖을 내다보니 꽃밭의 꽃들이 활짝 피어 햇살 받아 화사하게 눈이 부시는데, 녹음이 짙어지는 은행나무 꼭대기의 까치집엔 어느새 새끼를 쳤는지 까치 떼가 무리지어 깍깍거리며 놀고 있다.

까치 떼가 노는 모양이 심상치 아니하여 유심히 살펴보니 어미 까치의 보살핌에 나는 연습을 한다. 높다란 은행나무의 그 많은 가지들을 어미 까치의 호령에 따라 새끼 까치 댓 마리가 뒤뚱거리며 이리저리 옮겨 다닌다.

너무나 기이하여 까치 새끼는 어떻게 자라는지 살펴보기로 마음을 굳혔다. 두고두고 눈여겨보니 아니나 다를까 이럴 수가 어디 있나! 어미 까치와 까치 새끼들이 서로서로 마주 보고, 깍깍거리며 가까이서 먼 곳으로 낮은 데서 높은 데로 나는 폭을 조금씩 늘여가며 한 마리 한 마리씩 가르치고 배우고 있지 않나!

미물인 까치마저 제 새끼를 잘 자라게 정성껏 돌보는데 하물며 선생인 나는 자식을 위해 무엇을 가르쳤나. 남의 자식 잘 되라고 노심초사 하면서도 철없는 내 아이를 운다고 야단치고, 저지레 한다고 두들겼지 이리해라 타이르고 저리해라 가르쳤나!

기껏 한다는 게 귀여울 땐 안아주고 울어대면 호통쳤다. 세 살 먹은 버릇이 여든까지 간다는데 올바른 행실을 일찍부터 가르쳐서 몸에 배게 해야 마땅한데 '철이 들면 알겠거니.' 하고 버려두지 않았던가! 예절이란 아는데 그치는 것이 아니라 행하는데 뜻이 있는 것이다.

어른은 아이의 거울이다. 어른인 나부터 아이에게 좋은 본보기가 되도록 바르게 살아갈 뿐 아니라 아이도 착하게 자라도록 선도를 소홀히 해서는 안 되는 일이다.

하루하루 달라지는 까치 새끼들의 나는 모습을 보아오다가 며칠이 지났다. 저녁노을 등에 지고 퇴근길에 드는데 "아빠! 아빠!"하고 부르며 귀여운 딸아이가 내게로 풀풀 날아온다. 겨드랑이 움켜 안고 '아이고 귀여워라.'하고 추스르며 웃음꽃을 피우는데 까치 떼가 둥지를 찾아 창공을 날아든다.

며칠 전만 해도 뒤뚱거리던 까치 새끼들이 하늘을 훨훨 날아 둥지를 찾아드니 부럽기 그지없다. 지성이면 감천이라 하늘인들 무심할까? 귀여운 딸아이를 다시 한 번 추스르며 '나도 귀여운 딸아이를 훌륭하게 자라도록 가르쳐 주겠다.' 하고 다짐을 하여 본다.

외톨이 된 잉꼬

'잉꼬 한 쌍 기르겠다.' 벼르고 벼르다 보니 새 장수가 가게 앞을 저만큼 지나간다. 가게 문을 열고 나가 새 장수를 불러들여 색깔 곱고 생기 있는 잉꼬 한 쌍 골라 달라 당부를 하였더니 새 장수는 잉꼬 한 쌍 새장에다 넣어 주며 좋은 놈을 골랐으니 잘 기르라 일러준다.

"잉꼬부부, 잉꼬부부" 말로만 듣고서도 잉꼬처럼 살아보려는 마음을 다지고, 거실의 탁자 위에 잉꼬 둥지 올려놓고 들며나며 들여 봤다. 잉꼬부부 들은 대로 영묘靈妙한 새이다. 짹짹거리며 얼굴을 마주보며 뽀뽀하고 물러나고, 또 다시 얼굴을 마주보며 뽀뽀하고 물러나며 잠시도 쉬지 않고, 서로서로 사랑하며 사이좋게 지낸다.

사랑하는 잉꼬부부 노는 양을 보노라면 분방奔放한 내 마음에도 평온이 찾아들고 행복이 스며들어 '우리도 잉꼬처럼 다정하게 살아야지.'하고 좁쌀 주고 물을 주고, 싱싱한 채소 주며 정성껏 길렀었다.

그런데 웬일인가? 사랑하던 잉꼬부부 부리에 피 흘리며 물고 뜯고 싸우고 있다. 사랑싸움 심한 건가 헤어지자 싸우는가? 하루 이틀 들여 봐도 그 싸움 끊이지 않아 행여나 아내에게 불길한 일 보이려나 은근히 우려되어 잉꼬둥지 달랑 들고 앞마당에 심어놓은 은행나무 가지에다 당그라니 달아 뒀다.

며칠 후 아내 몰래 잉꼬둥지 들여다보니 어찌 된 영문인지 잉꼬 한 마리가 애처로이 죽어 있지 아니한가. 잉꼬 한 쌍 다정스레 사는 양을 본받으려 한 터인데 어이없이 죽은 새를 보니 백년해로 가약한 우리 부부 헤어진 듯 허전하고 측은하고 가련하기 그지없다.

너 아니면 내 죽자고 싸우다가 죽었는가. 생쥐가 새장 들어 물어뜯어 죽였는가? 죽은 영문 무엇인지 알 수는 없지만 아내가 보았다면 상심이 컸을 텐데 아내가 못 본 것이 천만다행이다.

외톨이 된 새 한 마리 들며나며 볼 때마다 "어찌 살꼬, 어찌 살꼬." 쩍쩍거리며 울어댄다. 아내 몰래 사들여서 짝을 지어주려고 다짐하며 새 장수가 지나가길 기다리고 기다려도 새 장수는 보이지 않는다.

　화창한 봄날에 외톨이 된 새 한 마리 너무나 측은하여 가만히 새장을 들여다보니 새장 안이 지저분하다. 청소를 말끔히 하려고 새장 문을 살그머니 여니 외톨이 된 새 한 마리 '나 혼자선 못 살겠다.'하고 작심이나 한 듯 도망쳐 달아나와 마당 위를 폴폴 난다.

　보고 있던 아들과 함께 새를 잡으러 이리 뛰고 저리 뛰며 애를 써 보았지만 달아난 잉꼬는 폴폴 지붕 넘어 날아갔다. 날아간 지붕 너머 물끄러미 바라보며 새가 돌아오길 기다려도 새는 돌아오지 않는다. 드넓은 하늘을 훨훨 날아다녀 고운 짝을 만나서 행복하길 기원했다.

　삶이란 끊임없는 행복추구 아니런가. 혼자 사는 즐거움 보다 부부가 함께 사는 것이 더욱 행복할진데 텅 빈 새장을 보니 허전하고 울적하고 애처롭기 그지없다. 우리도 백년해로 가약한 다정한 부부이다. 그러나 언젠간 닥쳐올 외톨이 될 내 앞날이 눈에 선히 어린다. 하지만 사생死生이 유명有命이라 하니 어찌하나! 내일을 모르는 채 오늘을 살아가는 인생이 아니던가.

원한을 달래다니

잘 살려는 욕망은 인류의 공통된 염원인
줄 안다. 나 역시 잘 살고픈 마음은 한결 같다. 하지만 살다보
면 우연히 원한이 따르기 마련이다. 원한은 갖는 물체가 아
니라 가슴 속에 품는 것이며, 오욕五慾, 칠정七情에서 오는 고
뇌苦惱이다.

고랭지의 배추를 싣기 위해 황지로 보낸 차가 안동을 거
쳐 부산으로 갈 줄 알았는데 서울로 가게 되었다며 조수를
보내달라는 전갈이다. 구하려는 조수가 없어서 차주인 내가
조수를 대신하려 황지로 가야만 하는 처지가 되었다. 때마침
황지로 가는 우리 '전국화물'의 짐차를 타고 떠났다.

난생 처음 가보는 길은 비포장인 태산 중령을 힘겹게 넘
더니만 자갈이 깔린 내를 건너느라 무척이나 터덜거린다. 황

지에 도착하니 짐을 실으려 몰려든 차가 넓은 주차장에 빽빽한데 기다리던 기사가 나를 반갑게 맞으며 내일 새벽에 일어나서 짐을 실으러 가야 된다고 한다.

해는 지고 어둠이 깔려 기사와 함께 저녁식사를 하고, 기사들이 자는 방에 누웠다. 오라는 잠은 들지 않고 사념邪念에 시달리다가 벌써 날이 샌다. 조수석에 앉아서 배추를 실으러 가니 높고 험한 절벽을 감돌아 오르는데 차는 비틀거리고 내 가슴은 조마조마하다. 산마루에 올라보니 널찍한 밴달 밭에 수많은 노인들이 배추를 뽑고 있다. 뽑아놓은 배추를 신문지에 싸서 한 차 가득 싣고 나니 벌써 노을이 진다.

주차장에 들려서 자고 갈 줄 알았는데 기사는 배추는 생물이라 변질되기 쉬운데다 지금 출발해도 경매보기 어렵다며 험하기 그지없는 산비탈을 용하게 벗어난다. 험한 산길을 지나고 속력을 다해 달리는데 화물감시원이 손전등을 켜고 차 세우라 신호한다. 기사는 차를 세우고, 검문을 받고나서 유유히 달리는데 얼마 못가서 또 잡는다. 기사는 차창을 열고, 돈을 던지고 쏜살같이 달아난다.

과속하지 아니하곤 시간 맞춰 갈 수 없고, 과적하지 않고는 짐을 얻지 못하니 서글픈 현실이다. 용산 시장에 우리 차가 닿았을 땐 인적이 드물더니 날이 밝기 바쁘게 채소를 싣고 온 차들이 광장을 가득히 메우고 인산인해를 이루었다. 경매하는 장면을 보니 경매사의 말은 알아듣기 어렵고, 입찰자들은 손가락으로 수화를 하는데 그 많은 손가락들을 어떻게 보고 낙찰을 하는지 의아하기 그지없다.

우리 차에 실은 배추가 한시 바삐 팔리기를 기다리니 생면부지 한 사람이 차 위에 올라서 배추를 세며 차 아래에서 받는 사람에게 던진다. 배추를 세는 소리를 들어보니 박자가 일정하고 곡조는 구성지다. "하나에 하나요, 둘에 둘이라, 셋에 셋이요, 넷에 넷이라, 다섯에 다섯이요……." 배추 한 차를 다 내리니 점심때가 되었다.

운임을 받아야 내려가는 짐을 구하러 갈 텐데 생산자인 하주가 보이질 않는다. 배추 한 차를 판들 운임이 모자란다는 말은 누누이 들은 터라 행여나 도망을 갔을까 은근히 우려되어 기사와 함께 하주를 찾다가보니, 우리와 마주친 하주는 우물쭈물하더니 배추를 팔아서 운임이 모자란다며 죽는 시늉을 짓더니 돈 몇 푼을 내어 놓는다.

생산자인 하주 사정이 딱하기는 하나 나 역시 그 돈 몇 푼이나마 받아야 할 처지이다. 운임이 모자라는 농촌 실정은 딱하고 운전수의 돈을 뜯어서라도 먹고살아야하는 신세들은 불쌍하고, 차주 돈을 뜯는 운전수는 괘씸하고, 똥짐(이익이 적은 화물)이나마 실어야 하는 차주들은 가련하다.

더욱이 그 사정을 모르는 척하는 심보는 한심하다. 없는 사람끼리라도 서로 돕고 살아야만 마땅한데 서로 뜯어가며 살아가는 지경이니 '요지경瑤池鏡'같은 세상이다.

내려가는 짐도 구할 수 없어 허탈한 마음으로 집을 찾는 쓰라린 심정이다. 가난의 한은 나라도 못 고친다고 하는데 이 일을 어찌하면 좋을까? 하고 차창에 기대어 고심을 하다가 인생의 역경은 자신의 의지로 극복하여야 한다는 생각이 떠오른다.

마음을 단단히 가다듬어 창밖을 보니 강산은 수려하고 하늘은 청명한데 나를 애타게 기다리는 처, 자식들의 모습이 눈앞에 아롱거리어 비통한 사념邪念들을 잊어버리게 한다.

영혼의 산책

꽃샘추위 가지 않은 쌀쌀한 봄날 아침, 창밖은 화창한데 가게 안은 냉랭하다. 무쇠난로 연탄 갈아 차가운 난로 곁에 쭈그리고 앉아서, 하마나 피어날까 연기를 뿜어내는 연통을 자꾸만 내다본다. 또 내다보니까 대여섯 살 꼬마 하나 가게 앞에 달려와서 날 보란 듯 서슴없이 바지춤을 내리고 오줌을 눈다.

예쁘고도 예쁜 고추 은빛 물총 쏘아내고, 쌩글쌩글 웃으며 바지춤을 올리며, 놀던 동무 떨어질까 헐레벌떡 달려간다. 그 시원한 오줌 줄기에 유리창이 부서진들 내 어이 탓할 건가. 내 눈길 아일 따라 꼬마들을 살펴본다.

이리 뛰고 저리 뛰다 길손님을 부딪쳐도 나무라지 아니하고, 지나가던 택시마저 뿡뿡 울리며 비켜가고, 저들끼리 신이 나서 밀치고 당기다가 길가에 펼쳐 놓은 가게 상품 엎지른들 그 누구도 꾸중하지 않으니 제 세상 만났다고 즐겁게 논다.

꼬마들이 허기지는지, 아니면 실컷 놀았는지 제 집 찾아 흩어진다. 물끄러미 바라보던 내 눈길 되돌리니 검은 연기 뿜어내던 연통에선 아지랑이 피어나고, 내 곁의 난로가 후끈하게 달아오른대도 사려는 손님 하나 찾아들지 않는다.

놀던 애들 집에 가서 무얼 할까 생각하니 밥 달라면 밥을 주고, 졸리면 잠재우고 하잔 대로 다해주니 아쉬운 게 무엇이며 거칠 것이 어디있나? 자유분방하게 즐겨 노는 천진난만한 어린이가 부럽기 그지없다.

나의 어린 시절을 돌이켜본다. 내가 자랄 적엔 대가족 시대라 층층시하 겹치자니 가풍이 엄격했고, 식구가 많아서 먹고살기 급급하여 가련한 우리 어매 금쪽같은 자식이나 돌볼 겨를 없었다. 고집인들 들어주나, 하잔 대로 하여주나! 옷이 나쁘더라도 주는 대로 입어야 했고, 음식이 좋지 않을지라도 주는 대로 먹어야 했고, 부모가 시키는 일은 거스르지도 말고 게을리 하지도 않아야 했다.

요즈음 자라는 아이들과는 판이하여 격세지감隔世之感을

느낀다. 내가 아이들을 부러워하는 것은 아이는 아이다워야 하는 '천진난만'으로도 만족하다. 내가 우려하는 것은 어린 이의 과보호와 방종放縱이다.

가정은 작은 사회다. 가정의 질서가 문란하면 따라서 사회가 혼란해지기 마련이다. 세 살 먹은 버릇이 여든까지 간다고 한다. 부모지애父母之愛는 희이물망喜而勿忘이다. 이 말은 나를 사랑하고 즐겁게 해주는 부모의 은덕을 잊지 말라는 말이다.

아이들의 본능적인 행동을 하는데 비하여 어른은 이성理性에 따른 행동으로 인간으로서의 도리를 다해야 하는 것이다. 이 도리를 벗어나지 않기 위한 규범이 생겨 눈 닿은 곳곳마다 올가미가 드리우고, 내딛는 발길마다 사슬이 놓여 있어 애들처럼 자유분방하지 못할 뿐 아니라 법적, 도의적 책임을 물어야 하는 것이다.

이성은 사람이 타고난 세 가지 심적 요소 곧 지知, 정情, 의意를 가지며 이의 보고寶庫는 양심이다. 이곳은 신성불가침의 자아다. 양심은 사물의 선악, 정사正邪를 갖는다. 그리하여 모든 행동은 마음에서 우러난다. 드러나지 않는 마음이라도 잘못을 저지른다면 형벌보다 무서운 양심의 가책呵責을 받는다. 이것이 인간 스스로를 다스리는 최선의 방편이다.

그러나 어떠한 행동에도 불구하고 양심의 가책을 받지 않는 것이 있다. 그것은 오로지 밤하늘의 샛별처럼 반짝이는 영혼이다. 이는 사색思索의 나래를 펴고, 신성불가침인 인간의 내면을 꿰뚫어 보는가 하면 못 이를 곳이 없고, 못다 할 일이 없다. 이 글 또한 고요한 아침의 자유분방한 영혼의 산책이다.

어버이 성하실제
섬길 일 다 하여라

맹장염 후유증에 사경을 헤매다가 간신히 병이 나아 병원에서 퇴원하니 아버지의 병환이 악화되었다는 전갈이다. 고향집을 찾아들어 아배(아버지)를 뵙고 보니 자식 걱정 덜어주랴 애쓴 흔적 역연하다. 병원 문전 마다하신 아배를 모시고 의료원을 찾아가니 온갖 검사를 하더니 큰 병원에 가보란다.

대구 경대병원을 찾아갔더니 입원실이 없다고 한다. 잘 아는 인맥으로 기독병원을 찾아가니 진찰이 속행된다. 내시경 검사를 하던 의사가 나를 불러 내시경 속의 아배 환부를 보여주더니 위암이 진행되어 6개월 더 못 사신다고 가만히 알려준다.

티 없이 맑은 날에 청천벽력이 웬 말인가! 하늘이 무너지고 천지가 개벽하는 심정이다. 의사의 손을 잡고 우리 아배 살려 달라 당부하고 애원하니 편작이 열이오나 현대 의학으론 불가항력이니 집으로 모셔다가 잘 봉양해보라 한다. 생사는 명에 따른다고 하지만 부모님께서 병을 앓으시니 근심하고 낫게 하는 것이 자식 된 도리가 아닌가!

안동 시내에 있는 내 집에 모셔 와서 우리 아배의 여생이나마 봉양해 보려고 천하지명약을 구해 드리고, 좋단 음식 드린 데도 며칠이 못 가서 고향 집에 가시겠다고 하신다. 할 수 없이 고향 집 사랑방에 병든 아배를 모시었다.

어려운 병꾸래를 어매(어머니) 혼자 어이하나 만사가 걱정이라 시오리길 멀다 않고 하루 같이 오르내리며 지성껏 간호해도 아배 병환 악화되어 실낱같은 소망이나 서울 형께 연락하여 서울대학병원에서 입원치료 받게 했다.

일주일이 지난 뒤에 우리 아배 어찌 된 지. 너무나 걱정되어 서울대학병원을 찾아가니 불쌍하신 우리 아배 사병임을 감지하셨는지 애지중지하는 아배주손 서울대학 졸업을 알려드린대도 얼굴 표정 변하지 않고, 아무 말 없으시고 담당 의사 불러들여 고향에 가겠다고 단호하게 퇴원 수속을 독촉하신다.

그 누가 아배 뜻을 거역할 수 있겠는가 퇴원수속이 끝나고, 병원 문밖 나서는데 친지들이 찾아와서 작별인사를 올리는데도 본체만체하시며 택시 타기 바쁘시다.

살아생전 아배를 모시고 여행 한번 못해본 나는 마지막 길 열차 타고 마주 앉게 되었다. 안동행 특급열차는 기적을 울리며 달리는데 말 한마디 않으시고 창밖을 내다보신다. 어버이를 섬김에는 지극히 효도하고, 뜻을 받들고 몸을 잘 봉양해 드려야 마땅하나 진작 깨우치고도 행하지 못하였으니 천하불효자식이 되었다.

아배 눈을 감으시고 수심에 잠기셨다. 불철주야 자식 걱정 주름마다 새기었고, 자식 위한 고생 흔적 손마디에 맺히었고, 자식 성공 한이 되어 머리카락 희신 데다 8남매나 키우시다 등마저 굽으시고, 몹쓸 지병으로 찌드시어 피골상접 되시었다.

아배 눈 뜨시고 내 얼굴을 바라보신다. 아배의 눈빛 속엔 내 못한 일 네가 하란 당부 말씀이 서리었다. 아들을 사랑하는 마음으로 어버이를 섬겼다면 효도에 극진했을 것을 내 자식 돌보느라 천하지 불효자식이 되었으니 애통하기 그지없다.

고향 집에 당도하니 굳은 얼굴 풀리시고 입가에 미소진다. 당토 않게 병 고친다 동서팔방 모셔 다녀 육신 하나 못 가누는 우리 아배 되시었다. 아배 더 사시라고 친구네 병원을 찾아가서 간호사를 데려다가 링거병에 보약 넣어 끊이지 않고 이어대고, 좋단 음식 다 바쳐도 백약이 무효다. 아배 병환 악화되어 진통이 더해가니 진통제 주사 놓아 아배 고통을 덜어 드린다.

그 고통 오죽하면 내 귀에 입을 대고 죽는 약을 사다 달라 남몰래 당부하였을까! 아배의 애절한 당부를 차마 듣지 못했으니 이마저 죄가 아닌가.

우리 아배 살아생전 선산석물 갖추시고 자손만대 번창하라 영가정永佳亭 이루셨다. 낙성식 못하신 게 천추의 한이시어 그 소원 덜어드리려 일가친지 모셔다가 아배 원 덜었는데 형님 내외 불러 달라 다급하신 언명이시다.

오매불망 기다리던 형님 내외가 당도했다. 몸에 꽂힌 링거 바늘 손수 빼어 내시고 속이 답답하셨는지 덮은 이불 걷어차고 바지춤 걷어 올려 문 좀 열라 하시고서 머리맡에 앉아 있는 형님 내외 바라보며 아배 한생 하소인지 마지막 유언인지 하실 말씀 다 하시고 물러가라 하시고는 잠자리에 누우셨다.

몸은 비록 여위셨으나 정신은 초롱같이 맑아 논리정연하시고 말씀도 명료하시다. 식구들이 물러간 뒤 우리 아배 머리맡에 가만히 누워 아배 거동을 살피는데 잠들 줄 안 우리 아배 고개를 떨구신다. 깜짝 놀라 일어나서 아배 얼굴을 잡아보니 떨어뜨린 목은 힘이 없고 눈동자는 흐려졌다. 아배아배 울먹이며 아무리 흔들어도 대답하지 않으신다.

집안 식구 모두 불러 아배 운명 알렸더니 철따구니 없는 동생 아배 시신 마구 잡고 두들기며 울어대고, 어떤 놈은 전축을 갖고 와서 우리 아배 극락 가라 아미타불 불경 틀고 아들, 딸, 며느리들 대성통곡을 한다.

우리 아배 성품 곧아 바른길 걸으셨고 인정 많고 자정 많고 자자손손 내려오는 선조님들의 유지를 이어받아 후손에 귀감이 되셨는데 이리 쉽게 돌아가실 줄이야 꿈엔들 생각했나? 부모사 후회父母死 後悔라 하나 후회한들 소용없다. '어버이 성하실제 섬길 일 다 하여라.'

불효자식 뉘우치려 어버이날 운명하시니 불효자식 지은 죄로 피눈물을 쏟는다. 손수 일구신 선산에 우리 아배 모셨다. 선조님네 반기실까 못난 자손 꾸짖을까 두 손 모아 삼가 명복을 비옵니다.

세상살이 너무 어렵구나
-낙농을 하다가

내가 운영하던 가게가 시속의 변천에 따라 사경에 이르렀다. 무엇을 할까 고민하던 중 도입우를 길러보라는 친구의 권유를 듣게 되었다. 과수원의 새로 심은 사과나무에 거름도 보태고, 노령 대비도 될까 하여 하던 점포를 정리하고, 우여곡절 끝에 도입우 다섯 마리를 가까스로 받게 되었다.

축사를 지으려고 낙농 현장을 둘러보고 책을 보며 과수원 한 모퉁이에 버젓한 축사를 완공하였다. 서둘러 목부를 구하고, 젖소를 입식하니 심어놓은 과목에다 겸업농의 기틀이 마련되어 흐뭇하기 그지없고, 기대에 부푼 꿈이 하늘에 치솟는다.

막상 사육을 시작하고 보니 관리가 생소하고 까다로워 늘

책을 보며 공부하고, 선험자들께 배워가며 익힌 대로 돌봐 주며 정성을 다하였다. 낳은 송아지를 젖을 떼어 팔고, 우유를 팔아 모은 돈으로 임신우를 한 마리 한 마리씩 늘여가는 재미는 이루 말할 수 없다.

그러나 낙농업이 순탄하지는 않았다. 목부는 하나같이 힘들다며 떠나가고 새 목부를 구하여도 누에 똥 가르듯이 자꾸만 같아야 한다. '내 인생 어찌하여 목부 하나 못 거느릴까.'하고 탄식을 하여본다. 목부들은 한결같이 뿌리치고 떠나가니 그리도 많은 일을 감당할 사람이 없다.

그 빈자리 메우느라 내가 골병이 들었다. 이른 새벽에 일어나서 소들의 건강을 보살피고, 젖을 짜서 납유차에 보내고, 배합사료를 먹이고, 운동장에 보내고, 밤사이 배설한 우사 청소를 하고 나면 아침 식사가 늦는다. 하루같이 깨끗한 환경을 조성하고, 합리적인 사육 관리에 운동까지 시켜야 하니 쉴 틈이 없다.

아침 밥술 놓자마자 문밖을 나섰더니 소 떼들이 나를 보고 배고프다 울어댄다. 함께 사는 식솔이라 두고만 볼 수 없어 풀을 베다 먹였다. 베어준 풀 한 짐이 돌아서자 뚝딱이라 쉬지 않고 베다 준들 그 배 어이 채울 건가. 해 질 무렵엔 소를 몰아 우사에 넣고, 저녁 사료 먹여 가며 흘러나오는 젖을 짜서 냉각기에 보관하고, 행여나 허기질까 조사료助使料 주고 나면 밤이 으슥하다.

하루 일과 이뿐이 아니다. 시도 때도 가리지 않고 건강 상태를 보살펴야 하고, 분만 시기 알아내어 송아지 받아야 한다. 새끼를 낳아야 젖을 짜니 수태 시기 넘기지 않게 인공수정 대비하려 소 꽁무니를 살펴야 하고, 아프다고 끙끙 앓을 때도 함께 신음해야 한다.

말 못하는 짐승이라 우매하다 단언하지 마라. 얼굴 모습 분별 되고, 성질이 서로 달라 미운 놈 따로 있고 고운 놈도 따로 있다. 방목하랴 뒷산에 오를 때면 우두머리 따로 있고, 길잡이도 있고, 미워하고 고와하는 줄도 저희들이 먼저 알아차린다.

칸막이 우사牛舍 안의 제자리를 용하게 찾아들고, 음악이 울릴 때면 디스코 춤을 추니 얼마나 영특한가. 운동장에 놀 때는 골목대장 따로 있고, 유순한 놈 따로 있으며 운동을 시킬 때는 도망치는 놈이 있고, 바지춤에 매달리며 얼굴을 핥는 예쁜 놈도 있다.

사람과 짐승 사이는 대화가 안 되는 줄 알았더니 말과 표정으로 눈치를 알아채고, 소들의 거동으로 그들 속을 알아보게 된다. 공들인 어미 소가 파일로란 질병으로 하루아침에 죽어가고, 새끼 낳다 탈장 되어 끙끙 앓다 목숨 잃고, 초산 과다로 숨겨갈 때 애처로운 눈망울을 보고 목덜미 끌어안고 얼마나 슬퍼했나!

목부들 들고나며 숱한 속을 태운대도 그 많은 일 감당하랴 분골쇄신하였다. 그런데 낙농업 성업이라 너도나도 젖소를 기르니 우유 생산은 과잉되어 우유 대금 미뤄지고, 분유로도 지급되어 젖소 값은 폭락한다. 그럼에도 숱한 애로 감수하며 푼푼이 모은 돈으로 어미 소 열댓 마리로 우사 가득 채웠으니 흐뭇하기 그지없었다.

산업화 바람 불어 목부를 구하기는 하늘의 별 따기라 내 힘으로 꾸려가는 험한 일 보던 동생은 내겐 차마 말 못하고, 아내더러 하는 말이 '골병이 따로 있나 그게 바로 골병이지. 무슨 영화 보겠다고 그 고생 사서 하나.'라고 빈정대고, 자정 많으신 우리 어매도 나를 찾아오시어 '그 고생 제발 그만두라.' 신신당부하시고 서울 형 댁으로 떠나셨다.

그 누가 뭐래도 소들과 정이 들어 손 떼기 어려운데 이젠 아내마저 그만두라고 만류한다. 이 세상 모든 일이 시작하기 어렵지만 그만두기도 쉽지 않다. 이 일을 어찌할까? 기로岐路에 서 있는데 '우리 어매 눈물지으시며 제발 그만두라'는 말씀이 귀에 쟁쟁하여 그만두길 결심하고 나니 공들인 게 허망하고 정들인 게 서운하다.

　그렇다고 내 힘으로 감당하자니 어려워 과감하게 기르던 젖소들을 몽땅 팔고 말았다. 세상살이 이렇게 어려운가! 고생한 보람이 일장춘몽이 되니 허무하기 그지없다. 트럭에 실려 가는 젖소들은 뒤돌아 나를 보며 가기 싫다고 '음매 음매에' 울부짖는데 차마 볼 수 없어 모르는 척하고 뒤돌아서는 내 가슴은 찢어지듯 아팠다.

담 밖의 죄수들

먹고살기 급급하여 틈낼 수 없는 몸이 급박한 볼일 탓에 서울을 가게 됐다. 버스에 올라타고 볼 일을 구상하며 풍산을 다가가니 높고 높은 담벼락 안에 웅장한 건물이 위용을 떨치고 있었다. 저곳이 무엇일까 궁금함을 참으며 가까이 다가가니 정문의 현판에는, 안동교도소라 적혀있다. 교도소가 무엇인지 알지는 못하나 차마 묻지를 못하고 있는데 함께 탄 승객들이 '저기가 형무소다.'라고 수군거린다.

죄인을 가두어 둘 곳이라면 형무소가 맞을 텐데 교도소라 부르게 된 영문을 모르겠다. 차창에 기대어 그 장관을 내다보며 아무리 생각해도 죄인을 가두어둘 집으로는 가난한 나라 형편에 걸맞지 않을 것 같고, 죄인을 교화하고, 선도하는 곳이라면 저렇게 높은 담은 소용이 없을 것 같다. 세간에서 듣기로는 형무소에 들 때마다 별을 딴다고는 들었으나 정말 교도를 잘해서 교도관이 별을 따는 것일까?

곁에서 웅성거리는 사람들의 말에 의하면 교도소가 아니라 '국립호텔'이라 부른다고 한다. 그럴싸한 말이다. 먹고 살기 급급한데 누울 자리마저 없어 노숙하는 이가 부지기수인데 나라에서 지은 대궐 같은 집에 먹여주고, 재워주고, 입혀주니 국립호텔이 아니고 무엇인가? 교도소란 걸맞지 않는 현판보단 '국립호텔'이란 현판을 걸었으면 썩 어울릴 것 같다.

그런데 이곳에는 경범 죄수나 양심수들이 수용된다고 한다. 양심수란 양심이 삐뚤어진 옥에 갇힌 죄인을 일컫는 말인 것 같다. 양심이란 말은 사람으로서 마땅히 지녀야 할 바르고 착한 마음, 자기의 행위에 대하여 선악의 판단을 내리는 마음의 작용을 가리키는 신성한 말이다. 양심이란 정사正邪를 판단하고 명령하는 능력, 도덕적 의식이 있는 옥에 갇힌 죄인을 가리키는 말인 것 같다. 죄수에게 양심이란 말을 쓸 바에는 차라리 면죄부로 가두지 않았어야 옳을 것이다.

각종 언론에 의하면 시국사범이라고 한다. 시국사범이란

당면한 국내 및 국제 정세와 현실의 세상 형편에 위배되어 처벌을 받을만한 짓을 한 사람을 일컬으니 양심수와는 어의가 판이하다. 세상의 형편에 위배되어 형을 받는다면 시국사범이 옳은 말일 것이다. 시국사범이란 국내외의 정세 및 당면한 시대의 형편에 따라 중죄가 될 수 있는가 하면 무죄로 석방될 수도 있을 뿐만 아니라 지사, 열사, 영웅으로 호칭이 격상될 수도 있기 때문이다.

사록에 의하면 옛날에는 덕德과 충忠을 미덕으로 삼아 충신이 많았고, 3족을 멸하는 역적도 많았고, 유배되거나 사약을 받는 사례도 비일비재하였으나 일제의 탄압으로 인한 옥살이는 광복 이후 지사 열사로 추앙받기에 이르렀고, 동족상전의 전몰장병들은 호국영령의 명예를 얻었다. 오늘날의 시국사범에게는 민주주의 쟁취의 열사가 부지기수이다. 그들의 애국애족의 투혼이 없었다면 우리의 국운이 어떻게 되었을까! 생각만 해도 정신이 아찔하다.

세상에는 털어서 먼지가 나지 않는 사람이 없다고 한다. 이 말은 무죄한 사람은 세상에 없다는 말이다. 하지만 바르게만 살아가기란 어려운 일이다. 비록 옥에는 갇히지 않았다 하더라도 잘못을 뉘우치며 살아가는 것이 인생사가 아니런가…. 명심보감의 「경행록」에는 '부정한 재물을 취하는 사람이 천하에 가득할지라도 죄는 복이 적은 사람에게 걸리느니라.'라고 하였다.

복이 적어서 담 안에 갇히는지, 복이 많아서 담 밖에 사는지는 각자의 양심에 호소할 따름이나 우리의 현실엔 담 밖의 죄수인 불미한 탐관오리貪官汚吏가 우글우글할 것만 같다. 한평생을 연명해온 기고만장한 세월이 눈앞에 맴돌아 만감이 교차한다. 불미한 과거는 잊어야 하고, 여생을 어떻게 살아야 좋은가가 당면한 과제이다.

하늘을 우러러 티 없이 맑게 살아 민주시민으로서의 도리를 다 하겠다는 마음을 가질 뿐 아니라, 양심의 가책을 받지 않는 사람이 되겠다고 굳게 다짐하고, 창밖을 내다보니 이국의 정취가 물씬 풍기는 꼬부랑 글씨의 현란한 불빛이 내 눈을 파고들어 망연자실한데 기사는 '여기가 서울입니다.'하며 차를 멈춘다.

천륜天倫을 일깨우다

아침밥을 일찍 먹고 서둘러 밭에 가니, 동산에 걸린 해가 벌써 팔을 뻗쳐 녹음을 가꾸고 열매를 굵게 한다. 서산의 반달은 밤을 지새우다가 지쳤는지 슬금슬금 자취를 감춘다. 우거진 몹쓸 잡초를 허겁지겁 뽑아내는데 밀짚모자를 푹 눌러 썼는데도 온몸이 땀에 흠뻑 젖는다.

휴우, 한숨을 내쉬며 가꿔놓은 무성한 사과나무 그늘에 팔베개를 베고 누웠다. 시원한 바람이라도 불어오면 하는 바람이었으나 기다리던 바람은 아랑곳하지 않고, 땅속의 열기는 돌아가신 어매, 아베의 체취體臭를 뿜어내어 천륜을 일깨우게 한다.

천륜이란 부자, 형제 사이의 변치 않는 떳떳한 도리를 말하는 것이다. 아버지는 자식의 근본인 부위자강父爲子綱이요,

부모와 자식 사이에는 친함이 있는 부자유친父子有親이고, 어버이를 섬김에는 지극히 효도 해야 하는 사친지효事親至孝이다. 그럼에도 불구하고 부모를 홀대忽待하거나 은혜를 저버리는 사례가 빈번한 것은 안타까운 일이다.

형제간의 정의情誼는 서로 사랑하되 형은 우애하고, 동생은 공손할 것이며 형은 동생에게 베풀고, 동생은 형을 받들어야 마땅함에도 불구하고, 부모를 봉양奉養하거나 재산의 탐욕 및 형제간의 의리에 대한 불신으로 서로가 시기猜忌하고, 다투는 사례가 비일비재非一非再한 현실이다.

부모를 사랑하고 형을 공경하고, 형제간에는 오직 우애를 갖는 것이 도리이거늘 이를 따르지 못한 자신을 뒤돌아본다. 이 일을 어찌하면 좋을까 하고 상심에 잠기다가 잠이 든 모양이다.

난데없는 소낙비가 쏟아져 내린다. 그 빗줄기 속에 어린 동생의 해맑은 미소가 달콤한 낮잠을 깨운다. 소스라치게 놀라서 일어나니, 대지는 푸르고 하늘은 청명하며 태양은 눈부시다. 하나 해맑은 미소가 아득히 흘러간 추억을 더듬게 한다.

내가 중1, 6.25 전 해의 하굣길의 이야기다. 땀을 뻘뻘 흘리며 원당골에 다다라 냇물을 내려다보니 내를 가득 메운 황토물이 씻은 듯 맑아졌고 콸콸 흐르던 물살도 약해졌다. 동생들을 데리고 와서 목욕을 시키기로 다짐하고, 가파른 고갯길을 넘어 헐레벌떡 집으로 달려갔다. 허기진 배를 채우고 어린 남동생 둘을 데리고 쏜살같이 달려 냇물로 갔었다.

동생들은 냇가의 너리바위에 옷을 벗어 던지고, 물속으로 뛰어들어 물장구를 치며 즐겁게 놀고 있다. 동생들이 노는 양을 보니 마냥 귀엽고 사랑스럽기만 하다. 나도 옷을 벗고 물속으로 들어섰다. 뜻밖에도 물살은 세지 않고 그다지 깊지도 않았으나, 어린 동생들에게는 힘에 부대낄 것만 같다.

정신없이 놀다가 행여 다치지나 않을까 우려되어 '나를 알아차리나 어디 두고 보자.'하고, 흐르는 물결을 타고 둥둥 떠내려가는 시늉을 내었다. 정신없이 놀던 동생들이 어찌 나를 본 것인지 흐르는 물을 풍덩거리며 부리나케 달려와서 내 팔, 다리를 부둥켜안고 안간힘을 다하여 물가의 너리바위에 눕힌다. 곁눈으로 동생들을 살펴보니 안절부절못한 데다 얼굴은 새파랗게 질려있다.

동생들이 가엾게 여겨진다. '장난이 너무 심했나 보다.'하고 부스스 눈을 뜨니 눈이 마주친 동생들은 안도의 한숨을 내쉬며 새파랗게 질렸던 얼굴은 감쪽같이 사그라지고 해맑은 미소로 가득 찼다. 가슴속에 잠을 자는 우애를 일깨우랴 티 없이 맑은 동생들의 미소가 꿈에라도 보이는가! 좀 더 일찍 일깨워주었으면 하는 아쉬움이 남았으나 해맑은 미소가 인생의 진의眞意를 일깨워주었다.

인생에는 부모형제와 함께 지내는 세월이 있고, 자식들의 수발에 헌신해야 하는 세월이 있으며, 부모형제를 기리는 세월이 있으려니 천륜을 항시 유념하며 살아야 옳을 것이다. 형과 동생 사이는 수족手足과 같고, 효제孝悌는 어질고 착함의 근본이다.

책은 인간의 혼을 담은 그릇이요,
독서는 마음에 양식이다

2부

노 잃은 뱃사공

내 인생 내가 산다
멍멍아 도망가자
선생 똥 개도 안 먹는다
삼총사의 구사일생九死一生
노櫓 잃은 뱃사공
인간대사 어렵구나
훈련병의 넋두리
상객 손 못 갈래라

내 인생 내가 산다

―나의 생애와 문학

 잠 못 이루는 기나긴 밤에 '인간은 만물의 영장이다.'라는 말이 선뜻 떠오른다. 이 말은 오관을 통하여 보고, 듣고, 느낄 수 있을 뿐 아니라 생각할 수 있는 사회적 동물이기에 인간은 지智, 정情, 의義를 지닌 이성적인 삶을 구가謳歌하고, 천차만별인 개개인의 취향과 능력에 따라 상부상조하며 사회에 기여할 책임과 임무가 부여되는 것이다.

 따라서 인간은 천상천하의 유아독존이 되거나 무위도식으로 사회의 좀이 될 것이 아니라, 더불어 살아가는 인간으로서의 도리를 다 하는 사람이어야 참된 사람이 되는 것이다. 뒤돌아볼 줄 아는 사람의 앞날이 밝다고 한다. 그리하여 나의 생애를 돌이켜본다.

 부모님 슬하에서 일제와 동란의 참상을 보아오며 자라나

안동사범학교를 졸업(1955년)하고 교직 생활에 18년의 청춘을 바쳤고, "내 인생 내가 산다."하고 퇴직하여 자유업으로 분망하면서도, 봉사단체에서 18년을 이바지하고 나니 교육과 봉사에 공적이 혁혁하다는 국사편찬회의 인정을 받게 되어 대한민국 5000년사, 한국인물사 책자에 등재되기에 이르렀을 뿐 아니라 봉사단체 최고 명예인 동백장중과 훈장(1990년)을 받게 되었다.

그러나 인생에는 호사다마라 불행하게도 회갑을 맞아 '암'이라는 선고(1992년)를 받게 되었다. 그럼에도 불구하고 육신은 힘이 닿는 만큼 일을 하고 지혜는 아는 것만큼 행하여야 한다는 신념으로 비록 사생死生의 기로이긴 하나 과수원 농사를 전업으로 하여 혼신의 힘을 다 하였다.

온갖 고난을 무릅쓰고 일을 하며 여가마다 글을 쓰다가 보니 어느덧 세월은 유수처럼 흘러 날이 갈수록 몸은 여위어지는데 어느덧 74세가 되니, 내 영혼이 점지하였는지 앞날이 멀지 않다는 생각에 사로잡히게 되어 부랴부랴 살아온 흔적을 남기려는 자서전을 집필하기에 이르렀다.

자서전에는 수시로 적어놓은 글들과 사색의 나래를 펴고, 지나간 사연들을 회상하며 경험한 사실들을 비롯하여 인간의 도리를 다하는 삶을 추구하는 내용을 담은 글들을 적나라하게 나타내고, 살아온 흔적인 사진을 첨부하여 자서전『인생반추人生反芻』를 출판하여 친인척과 벗들에게 두루두루 배포하였다.

이채로운 자서전이라 아낌없는 찬사를 보내주는 독자들이 있는가 하면, 벗들의 극진한 권유로 자서전에서 발췌해 준 글들을 신인문학상에 응모를 하였더니 수필과 시詩에 당선하게 되었다.

비록 때늦은 등단이라 할지라도 기상천외는 아니고 만시지탄도 아니며 일찍부터 희구希求하고 글을 써온 것이므로 사필귀정이라 할 수 있다. 비록 문학적 소양이 부족하다 할지라도 내 마음속에 깊이 새겨둔 말인 '책은 인간의 혼을 담는 그릇이고, 독서는 마음의 양식이다.'라는 말을 거울삼아 주경야독으로 다독, 다작, 다상량多商量을 유념하여 글쓰기에 혼신의 힘을 다하였을 따름이다.

그리하여 인생의 흔적을 남기려던 자사전의 글이 오히려 유종의 미가 되고, 취미를 고양하는 계기가 되었을 뿐 아니라 작가, 시인으로 호칭이 바뀌니 과분한 일이기는 하나, 등단된 문단이나 그 밖의 문학사에 기고한 작품이 등재되거나,

독자들의 격려의 말씀이나, 책자들을 받아볼 때마다 문학에 정진하는 계기가 고무되었다.

내가 쓰는 글은 풍월을 읊는 글도 아니고 과장되거나 무모한 글도 아니다. 오로지 사리를 직시한 내용을 표출하여 세상을 맑고 밝고 아름답게 이룩하고자 하는 일념뿐이다.

그리하여 자서전 『인생반추人生反芻』를 비롯하여 수필집 『뿌리 깊은 소나무』와 시집 『가슴엔 꽃이 피고』, 『세월이 흐르는 뜰』과 공저 『한국을 빛낸 인물들』, 동인지 『하늘비 산방山房』을 발간하여 널리 배포하기에 이르렀고, 한국 문인협회에도 입회하게 되었을 뿐 아니라 출판된 도서가 국립중앙도서관에도 소장되어 있다.

이들의 책자를 배포할 때마다 찬사의 전화가 끊이지 않았고, 답신이 수도 없이 많았는데 받으면 주고 주면 받아야 하는 것이 인지상정이 아니겠나. 먼저 내 글을 탐독해 주심에 감사를 드린다.

무상無想한 세월은 속절없이 흘러 여든에 들어서니 심신心身은 노쇠하여 몸은 더욱 야위어지고 체력은 날이 갈수록 허약해지는데 다, 오관五官은 무디어지니 농사를 감당할 수 없는 형편에 이르렀다.

그런데도 과수원은 힘에 겨워 소작도 마다하니 어쩌면 좋을까 하고 망설이고 있는데 요행하게도 공장부지로 사용하겠다는 매수인이 나타났다. 내 자식 못지않게 애지중지하던 과수원을 눈물을 머금고 매각하고 말았다.

육신의 불가항력으로 반백 년이나 지녀오며 옥토로 가꾸어놓은 과수원을 매각하고 나니, 사회에 기여하는 길은 오로지 글짓기에만 몰두할 수밖에 없었다. 비록 80세에 능참봉이라 할지라도, 인생은 미완성이라 내 글 또한 완벽한 글이라고는 볼 수 없기에 늘 부족하다는 마음이다.

한결같은 인생이 아니라 앞날은 묘연杳然한데 살아있는 동안이나마 시대적 요구에 부응하는 바람직한 문인으로 사회에 기여하고, 인생을 아름답게 마무리하는데 진력을 다할 것이다.

멍멍아 도망가자

옛말에 '닭 잡아 식구 비꾸고 개 잡아 이웃 비꾼다.'는 말이 있는가 하면 '삼복더위에 개 패듯 한다.'는 말도 있다. 비꾼다는 말은 인정에 금이 가게 한다는 뜻으로 쓰이는 내 고장의 방언이다. 이 말은 나눌 줄 모르는 오늘날의 사람들에게는 경종이 되겠지만, 개 패듯 한다는 말은 가슴을 섬뜩하게 하여 어릴 적의 추억이 생생하게 떠오른다.

방학을 맞이하여 한여름 뙤약볕을 무던히 참아가며 부모 형제 기다리는 시오리 길 고향집을 부푼 마음으로 헐레벌떡 달려가서 대문을 열고 들어가니 우리 식구들이 툇마루에 걸터앉아 무언가 노려보고 있고, 큰 머슴은 밧줄로 만든 올가미를 꽁무니에 숨기고 마당가를 서성인다. 거름더미 곁에는 둘둘 말린 멍석이 허리를 펴고 땅바닥에 누워 있었다.

무엇을 하는 걸까, 살펴보니 내가 애써 기르는 멍멍이를 잡으려 한다. 때마침 나를 본 멍멍이가 반가워 꼬리 치며 내게로 다가왔다. 이를 본 머슴이 달려와서 멍멍이를 잡으려고 올가미를 들이댄다.

나는 멍멍이가 잡히는 꼴을 차마 두고 볼 수 없어 "멍멍아, 도망가자."하고 소리치며 대문 밖으로 달려나갔다. 멍멍이도 쏜살같이 내 뒤를 따른다. 멍멍이와 앞서거니 뒤서거니 하며 달려서 뒷동산 큰 소나무 밑에 엎드려 숨었다. 멍멍이를 놓칠까 봐 목덜미를 껴안고 흐르는 땀을 훔치었다. 가쁜 숨결이 멈추어지고 집을 내려다보니, 우리 집 식구들이 닭 쫓던 개 지붕 보듯이 뒷산을 쳐다본다.

멍멍이를 붙잡고 숨어 있으니 서산에 저녁노을이 어둠을 재촉하는데 "석아!"하고 나를 부르는 소리가 산을 울리더니 멍멍이를 부르는 소리도 들리었다. 아무런 대답도 할 수 없었다. 말 못하는 짐승인 멍멍이에게 "멍멍아, 무섭지?"하고 물었더니 나를 쳐다보는 멍멍이는 꼬리만 설레설레 흔든다.

어둠이 짙어지자 집으로 내려가는데, 내 뒤를 졸졸 따르더니 대문 앞에 다가가니 대문 안으로 들어가지 않으려고 버둥거린다. 머슴에게 잡힐까 봐 아직도 겁이 나는 모양이다. 달래었으나 알아듣지 못하고, 꾸짖어보기도 했으나 따르지 않는다. 나 혼자만 집으로 들어갈 수는 없는 일이라 멍멍이를 품에 안고 대문을 들어가서 툇마루 밑에 있는 제집에 넣었다.

호롱불이 반짝이는 방안에는 온 식구들의 웃음소리가 그치지 않는다. 날이 저물어 별들이 반짝인다. 방 안에 들어가니 침울해진 나를 본 가족들의 시선이 내게로 모인다. 나도 모르게 눈물이 난다. 나는 울부짖으며 내가 고와하는 멍멍이를 잡아먹지 말라고, 당부를 하다가 말문이 막혀버렸다.

방안을 살펴보니 방 모퉁이에는 상보에 덮인 밥상이 놓여 있다. 상보를 들춰보니 먹음직한 음식들이 소복소복 차려져 있다. 아무 말도 못 하고 빈 그릇에 먹거리를 주섬주섬 담아들고 문밖으로 나가도 말리는 이 하나 없다.

멍멍이에게 맛있는 먹거리를 주었더니 삽시간에 뚝딱이다. 멍멍이를 쓰다듬으며 이제는 너를 잡으려 하지 않을 테니 걱정하지 말라고 일러주었다. 내가 하는 말을 알아차린 모양이다. 멍멍이가 꼬리를 설레설레 흔들며 바지춤에 매달린다.

(초등학교 5학년 적)

선생 똥 개도 안 먹는다

기다리던 도 발령이 희망했던 해변인 영덕으로 발령 났다. 책 보따리 묶어 넣은 이부자리 달랑 들고 버스에 올라타니 우리를 실은 버스는 초만원을 이루었다. 들을 지나 산을 넘고 물 건너고, 터덜거리는 비포장 길을 헐떡거리던 버스가 영덕에 도착하니 석양이 되었다.

마중 나온 영덕에 사는 친구네 집에 묵어가려고 들렀는데 친구는 영덕의 선배 여선생들이 나를 맞이하는 환영회를 여신단다. 초청받은 대 여섯이 안내하는 친구를 따라드니 아담하게 꾸민 방에 꽃 같은 아가씨들이 다과상을 차려놓고 우리들을 반겨준다. 동창이란 인연으로 생면부지 한데도 마련해 둔 다과를 먹으며 담소를 나누자니 고맙기도 하고 정감이 우러난다.

아리따운 아가씨들과 아쉬운 작별을 하고, 친구네 집의 사랑방에 드니 잠자리는 편안한데 내일이면 받아야 할 부임교가 궁금하여 잠이 들지 않았다. 아침밥을 신세 지고 교육청을 찾아가니 과장인지 장학산지 알 수는 없지만 정중히 인사를 드렸다. 그는 이름을 묻더니 봉투 하나를 주시며 영덕군 1번 학교라고 하신다. 어깨가 으쓱하여 봉투를 뜯어보니 '영해국민학교 근무를 명함'이란 발령장이 눈에 번쩍 띈다. 당시는 성적순으로 발령이 났으니 말이다.

　발령장을 받고 보니 지나간 학창시절의 감회가 새롭다. 영덕으로 발령받은 스물 서넛 친구들은 제 갈 길을 찾아가랴 정류소에 모였었다. 한참이나 기다리니 영해로 가는 버스가 왔다. 차에 오르자 남아있는 친구들이 몰려와서 차창을 두들기며 잘 가라고 손을 흔들며 서운해했다. 버스는 자갈길을 타달거리며 산굽이를 돌고 돌아 고갯마루를 넘어섰다. 저 멀리 푸른 창해가 하늘과 마주 닿아 시원하게 펼쳐진다.

　두메산골 출신이라 그렇게도 동경하던 바다가 아니던가! 삼 년 묵은 채증이 내려가듯 숨통이 탁 트인다. 영해에 도착하여 여관에서 하룻밤을 묵고 학교를 찾아드니 만발한 벚꽃 속에 교사는 가리어 보이지 않고, 드넓은 운동장엔 아이들이

뛰놀고, 해묵은 수양버들이 넘실넘실 춤을 추고 있었다. 내가 항상 기리던 낙원이 아니던가. 아름다운 정경에 흐뭇한 마음으로 교무실을 찾아드니 선배들이 환대하여 주었다.

부임신고를 하고 보니 3학년을 맡게 되었다. '정성을 다하여 아이들을 잘 가르쳐야겠다.'는 마음으로 열심히 가르쳤다. 그런데 날이 갈수록 잡무가 많아진다. 경영록을 메워야 하고, 학습지도안도 써야 하고, 환경구성도 해야 하고, 학습자료 제작하고, 각종 통계를 내야 하고, 숙직도 해야 했다. 허다한 일 사사건건 결제받고, 심사받아 온갖 잔소릴 듣는 데다, 도 지정 연구학교라 연구수업, 연구발표는 거를 날이 없었다.

서구의 교육이론이 물밀 듯이 들어와 우왕좌왕하다 보니 시행착오 일쑤인데 문맹퇴치 나서야 하고, 길거리청소도 해야 하니 햇병아리 나에겐 너무 벅찬 일과였다. 그뿐인가. 시국행사장에 어린이들 데리고 가 운동장을 메워야 하니 그 많은 일들을 잘하긴커녕 흉내만 낸다 해도 가혹하기 그지없는데 한 달 월급을 받아 보니 하숙비도 모자라는 3,312원에 기성회비 조금 주니 살아가기 난감했다.

오죽하면 '선생 똥은 개도 안 먹는다.'라고 했을까. 당장 뿌리치고, 사표를 낼까 해도 그마저 쉽지 않았다. 초롱초롱한 눈망울로 배움터 찾아오는 아이들을 나 몰라라 할 수 없고, 어딜 간들 수월할까. 갈 길이 막막했다. 너무 잘하려는 욕심이 많아서일지도 모른다.

'고진감래'라는 말이 선뜻 떠오른다. 좀 더 참고 견디다 보면 일이 수월해지고, 요령이 생겨 견디어 낼 수 있을 것 같았다. '하고 못 하는 건 마음 먹기 나름이다.'라고 여기며 마음을 가다듬어 성실히 근무하다가 보니 '교직이 천직'이라고 여겨지고 온갖 고난을 무릅쓰고 소임을 성실히 이행하게 되어 모든 난관을 극복할 수 있을 뿐 아니라 앞날이 밝아 올 것 같았다.

삼총사의 구사일생 九死一生

화창한 토요일 오후에 선배 둘과 어울리어 점심을 먹다 말고 불현듯 선배 하나가 평해 온천에 가자고 한다. 목욕 시설이 흔치 않는 지방이라 목욕한 지도 오랜 데다, 온천욕을 못해 본 나는 너무 좋아서 그러자고 찬동을 하였다.

점심을 먹고 나서 버스를 타려 하자 콩나물시루같이 승객들이 수북하다. 가까스로 차에 오르니 버스는 출발한다. 평해에 도착하여 온정으로 가는 버스를 기다려야 하는 형편이다. 주막집에 들어 흘러내린 땀을 씻고 차가운 막걸리 한 사발을 마시자 속이 시원하기 그지없다.

온정으로 가는 버스가 도착하여 올라보니 천만다행으로 좌석이 남아있다. 편안히 앉아서 창밖을 내다보았다. 교량도 없는 큰 강을 건너는가 하면 수차에 걸친 냇물도 건넌다.

온정에 도착하여 온천을 찾아들었다. 온천장 입구에는 백암온천이란 조그마한 팻말이 우리를 맞아준다. 온천장 문을 열고 들어서자 온천욕은 물론이요 숙식까지 가능하다고 한다. 다행이라 여기며 숙박할 방을 정해두고, 온천욕을 하려드니 따끈한 온천수가 퐁퐁 솟아오르는 것이 신기하기 그지없다.

샤워를 하고 탕에 들어갔다. 뜨거운 물인데도 속이 후련하고 온몸은 땀에 흠뻑 젖어 때가 퉁퉁 불은 것만 같다. 탕을 나와 때를 씻으니 때가 줄줄 밀린다. 온몸이 가뿐하고 마음이 상쾌하다.

시장이 반찬이라 저녁밥을 맛있게 먹고, 피로도 풀 겸 일찍 잠을 청하였는데 소나기가 쏟아져 함석지붕이 울리어 잠이 오지 않아 기상천외奇想天外의 온천욕이라 목욕이나 실컷 하려고 온천탕에 들어갔다. 나만의 공간이라 적적하기 그지없다. 눈을 감고 사색思索에 잠기니 동기, 동창이 혈육血肉에 못지않은 인연이라는 생각이 든다.

온천탕을 들락거리니 잠은 잔 둥 만 둥 한데 날은 환히 밝아오고 소나기는 그쳤다. 귀가를 서둘러 온천장을 나와 보니 티 없이 맑은 화창한 봄날이다. 상쾌한 마음으로 발걸음을 재촉하여 온정 입구에 다다르니 거세게 흘러내린 개울물이 앞길을 막고 있다. 교통이 두절되긴 당연지사다. 냇물이 줄어들기를 기다리자니 지루하기 그지없는데 점심때가 되어서야 물이 줄었다.

바지춤을 걷고서 냇물을 세 군데나 건넜는데 넓은 강에 가득한 거센 강물이 우리를 가로막고 있다. 헤엄칠 줄 모르는 나는 엄두도 못 내는데 선배는 내일 출근을 위해서는 위험을 무릅쓰고라도 강을 건너야 한다며 옷을 홀랑 벗어 준다. 할 수 없이 나도 옷을 벗어 옷들을 허리띠로 단단히 묶었다.

강물에 끌려들자마자 밟은 흙은 물살에 씻기고 물속에 잠길 지경이다. 내 겨드랑이 양쪽을 잡은 선배들은 헤엄을 치며 강을 건너가고 있다. 강안으로 들어갈수록 물살이 거세어진다. 강의 중간쯤에 이르니 물결을 헤치지 못하고 표류하기 시작한다. 생사기로에 선 아슬아슬한 순간이다.

선배들은 기진맥진하면서도 양팔로 두 선배의 허리를 힘껏 잡으란다. 머리에 인 옷은 목에 걸고 선배들의 허리에 매달렸다. 두 팔을 마음대로 움직일 수 있는 선배는 혼신의 힘을 다해 헤엄쳐 가까스로 표류를 모면했다.

사력을 다한 선배들은 강바닥이 밟힌다고 한다. 바짝 오그리고 있던 다리를 쭉 뻗쳐보니 물살은 턱을 차고 거세게 흘러간다. 셋이서 팔짱을 끼고 얕은 곳을 찾아 나왔다. 강가에는 아녀자들이 빨래를 씻고 있다.

아낙들을 벗어날 기력도 없이 기진맥진했다. 강물은 얕아져 무릎을 치며 흐른다. 빨래를 씻고 있는 아낙들은 가까이 다가선 발가벗은 우리들을 보고서도 못 본 척하고 방망이만 두들기고, 발가벗은 구사일생九死一生의 삼총사는 모래 위에 쓰러지고 말았다.

정신을 차리고 일어나니 새파랗게 질렸던 얼굴에는 생존을 찬미하는 미소로 가득 차고 강물은 유유히 흘러가고 태양은 눈부시다. 죽음을 무릅쓴 도강渡江은 운명을 자초한 일이 아니다. 자기의 소임엔 사명을 다 해야 하고, 구사일생은 신의信義를 더욱 돈독하게 했다.

노櫓 잃은 뱃사공

새봄 들어 부임해 온 후배가 찾아와서 하는 말이 '배를 타고 바다 멀리 나가보고 싶다.'고 한다. 후배 맘이 내 맘 같아 '그게 좋겠다.'하고 대진항으로 갔다. 찾아간 부둣가의 어촌 사람들은 그물 손질이 한창인데, 모두가 생면부지 하여 내 신분을 밝히고서 사정을 얘기하니, 듣고 있던 어부 한 분이 일손을 멈추고 일어서 지금은 출항할 배가 없으니 나룻배를 가리키며 타 보라고 허락한다. 얼마나 고마운가!

푸르른 창해는 호수처럼 잔잔한데 뱃머리에 후배를 앉혀두고 수평선을 바라보며 노를 저어 물을 헤쳐갔다. 부서진 물결은 봄볕을 토해 눈이 부시고 갈매기 떼는 머리 위에 넘실넘실 춤을 춘다. 이 세상 살아오며 이렇게도 상쾌한 날 그 언제 있었던가! 뱃노래가 저절로 흘러나온다.

'바다로 가자 바다로 가자 푸른 물결 춤추는 바다로 가자...'

'배를 저어가자 험한 바다 물결 건너 저편 언덕에...'

'물결 춤춘다 바다 위에서 백구 춤춘다 바다위서 흰 돛단배도 바다 위에서....'

둘이서 신이 나게 뱃노래를 부르다 보니 우리가 떠난 대진항이 저 멀리 아득하다. 커다란 바위틈에 배를 붙여두고 바위 위에 올라서니 산정에 올랐을 때 산이 나를 에우듯이 수평선이 둥그렇게 나를 감싸준다. 어깨가 으쓱하고 천상천하 유아독존이 된 기분이다. 망망대해의 호연지기에 흠뻑 젖은 가슴은 부풀대로 부풀었다.

흐뭇한 마음으로 후배를 바라보고 '뱃놀이 즐거웠나.' 하고 물었더니 만면에 미소를 지으며 고개를 끄덕인다. '이젠 그만 돌아갈까?'라고 하였더니 기다린 듯이 제 먼저 펄쩍 뛰어 배 위에 올라탔다. 멈춰있던 나룻배는 어느새 바위에서 저만큼 밀려나간다.

헤엄칠 줄 모르는 나는 소스라치게 놀라서 그 배를 놓칠세라 나도 힘껏 뛰어 밀려난 배의 뱃전을 요행히도 움켜잡고 버둥거리며 배 위에 오르자 배는 바위에서 더욱 멀어졌다.

후배와 나는 무사히 배에는 올라탔다마는 저어갈 노를 바위 위에 두었으니 이 일을 어이하나! 야단이 났다. 아무리 애를 써도 우리가 탄 나룻배는 바위에서 자꾸만 멀어져 간다. 아득한 포구를 향해 목청을 높여 고함을 치고, 옷을 벗어 흔들어도 어촌은 묵묵부답이다.

노 없는 뱃사공이 어찌하여 배를 저어가며 노 잃은 뱃사공이 감히 살기를 바랄 건가! 놀란 가슴만 고동친다. 인명은 재천이라 하늘 뜻에 따를 진데 천우신조가 아니런가! 잠잠하던 푸른 바다엔 산들바람이 일어 포구를 향해 솔솔 불어온다.

손바닥을 노로 삼아 혼신의 힘을 다하여 물을 저은 끝에 우리가 탄 나룻배는 살금살금 미끄러져 우리가 떠난 포구에 닿았다. 물귀신이 안 된 것이 천만다행이라 여기며 혼비백산하여 모래밭에 쓰러지고 말았다. 두근거리던 가슴이 진정되고 가쁜 숨결이 가라앉자 정신을 차리고 보니 삶이란 항시 죽음과 함께한다는 사실을 실감하였다.

'인생은 자신이 헤쳐가야 함은 물론이요 운명도 자신이 만든다.'고 하였다. 나룻배의 절실한 연모는 노爐다. 나는 무엇으로 세상을 살아갈 것이며 운명은 어떻게 만들어야 하는 것일까? 유아독존이라 우쭐대던 내가 설령 죽는다 해도, 하늘은 개의치 않을 것이고 자연은 의연하기만 할 것이다. 하나 인생은 고해라 해도 살아남는 것이 행복이다.

눈을 번쩍 뜨고 옷의 먼지를 툭툭 털고 일어나니 숙연해진 모습으로 후배가 내 곁으로 다가선다. '인간은 인간을 위해 존재한다.'는 말이 선뜻 떠오른다. 근심에 젖은 후배를 부둥켜안고 생존을 찬미하는 복음으로 하 하 하 하 하고 웃었더니 시름에 겨웠던 후배의 얼굴에도 미소가 가득하다.

인간대사 어렵구나

초임이었던 영해국민학교에서 성실히 근무한 보람으로 명문교인 안동중앙국민학교에 영전을 하고 보니 내 몸 하나 장성하여 황금기가 됐나 보다. 우리 아배 성급하게 혼사를 기다리고 주위의 사람들은 선을 보라 조르다가 규수 댁에 데려가고, 학교로 사람 보내 나를 만나보게 했다.

선보고 선보이며 혼인을 미루어 왔는데 새봄 들어 새 학기에 학모님이 찾아오셔서 정중히 인사하고 놀러 오라고 당부를 하신다.

학년 초 바쁜 일이 어느 정도 정리되자 가정방문을 다니다가 놀러 오란 학모님 생각이 문뜩 떠오른다. 학모님을 찾아 갔더니 반가워 하시면서 주안상을 차려 오신다. 술잔을 나누며 아이 얘기 가정 얘기 자상하게 알려주시며 자주 놀러 오라신다.

출퇴근할 때마다 학모님을 만날 때면 한 번도 마다치 않고 지성으로 반기시고 너무나 자상하셔 모친으로 여기던 차에 뒷집에 하숙하는 동료가 하는 말이 '하숙집 안주인이 나를 만나자'고 하신단다. 무슨 일인지 궁금하여 찾아갔더니 자상하신 학모님의 참한 딸이 있다고 하시며 중매를 서겠다고 하신다.

너무나 황당하여 할 말을 잊고 있다가 며칠이나 지나서 학모님을 찾아갔더니 보지 못한 아가씨가 수줍은 모습으로 방안에 들어오며 인사를 한다. 그 후로 자주 만나 허물없이 지내다 보니 정이 깊어졌다. 사랑한단 말 없어도 애가 타는 순정은 눈에 선히 비춰지고 사랑의 고동 소리 가슴으로 전해 온다.

사랑에 눈이 머니 흉허물 묻히고 감성이 앞을 서고 이성이 물러난다. 이것이 사랑인가? 사랑이 무르익어 우리 부모님 찾아뵙고, 결혼 허락 당부했다. 하지만 부모님은 혼판 좋고 사돈 좋은 명문 규수 바란지라 바깥사돈 없다며 못마땅해 하셨다.

규수 좋고 가문 좋고 사돈 좋은 명문 규순 행복 담아 올 것인가? 마음 착한 이 규수를 가슴앓이시켜 놓고 명문 규수 만난들 내 마음 편할 리 있을까? 그 누가 뭐라 해도 결혼을 하겠다고 다짐을 하면서도, 부모 말씀 거역하는 불효자식 면하기 위해 헤어지고 만남이 연속되었다. 그렇게 희로애락 얽힌 속에 애태운 지 얼마인가?

'자식 이길 부모 없다.'는 말대로 완고하신 우리 아배 결혼 허락하시었다. 등짐 벗은 나귀마냥 펄쩍펄쩍 뛰어 학수고대하시는 규수 댁을 찾아가서 성혼 소식을 전했다. 규수 모친은 너무 좋아 눈시울을 적시고, 매운 눈총 보낸 처제는 생글생글 미소 짓고, 아내 될 규수는 내 품에 안겼다.

사랑의 숨바꼭질 엎치고 덮치더니 가을이 지나가고 겨울이 닥치었다. 이 해가 가기 전에 혼례를 치르자니 서두를 수밖에 없다. 단둘이 만나서 살아가면 그만인 걸 인간대사 어찌하여 이리도 어려운가. 격식 많고 할 일 많아 따르자니 힘들었다. 걱정이 태산이신 장모님께 우리 둘이 오순도순 살아가며 행복하게 지낼 테니 아무 걱정 마시라고 당부하고 양가 식구 한자리에 모여서 사주단자 나누었다.

처갓집의 뜰을 빌어 초례상 차려놓고 신랑 되고 신부 되어 백년해로 가약하고 내 고향 오솔길을 가마 태워 신행 들

여 단칸방을 얻어 새 둥지를 틀었다. 이것이 인간대사 어렵
다는 새살림이 아니던가.

(1959년 12월 1일)

훈련병의 넋두리

⚜

'사나이 대장부가 군에 가길 왜 꺼리나.'하고 빈정거리기도 했지만 막상 닥쳐보니 그런 게 아니었다. 입영영장 받을 때마다 연기원을 내다보니, 이것이 내 인생의 흥허물이 되었구나 하던 차에 휴직통보와 더불어서 입영영장이 날아왔다.

모든 것 훌훌 털고 입영하러 떠나는데 만삭인 내 아내와 어매 그리고 장모는 눈물을 머금으며 상념이 태산이었다. 못 본 체 하직하고 상주행 버스에 올랐었다. 집결장에 다다르자 열차에 신더니만 어둠이 찾아들자 달리기 시작한다. 정처 없이 달린 열차가 멈춘 곳은 논산이고 다시 걸어 다다른 곳엔 논산수용연대라고 하는 아치가 우뚝 서 있다.

신체검사, 지능검사 결과를 알아보니 신체검사는 1급이고 지능지수는 이과 38, 문과 35이라했다. 난생처음 알게 된 사실이다. 군번을 받아보니 '0019 096'으로 대한민국 국군이 되었다.

산마루에 자리 잡은 30연대에 배치 받아 긴 머리 빡빡 깎고, 입은 옷을 벗어내고 군복으로 갈아입은 내 모습을 거울에 비춰보았다. 내 몰골이 말이 아닌데 철부지 아이가 되고, 쓸개 간은 집에 두고 와야 하고, 요령이 본분이며 모르는 게 약이라고 선배들이 귀띔을 하여준다.

철모 쓰고, 군화 신고, 어깨엔 M1소총을 메고, 머나먼 교육장을 시간 맞춰 다다르려니 구보 않곤 갈 수 없었다. 모질고 고된 훈련 지칠 대로 지치고도 구보하여 귀대하니 파김치가 되었다. 먹지 않던 군대 밥을 걸신들린 듯 먹고 나서 군인의 길을 비롯하여 온갖 수칙 다 외워서 취침 점호받을 때면 두 눈이 동그래져 십 년 감수해야 한다.

훈련병 꼴 오죽하면 훈련병에 시집을 보낸다면 '울던 울음 그친다.'하고 교육장마다 길목마다 파고드는 이동주보는 훈련병의 화장실도 마음대로 드나든다.

완전무장하고서 머나먼 길 행군하여 몸서리친 훈련소를 떠나는 줄 알았는데 후반기 교육이라 할 수 없이 끌려가서 무반동총 울러 매고, 이산 저산 헤매고, 박격포 등에 업고 이 들 저 들 다니는데 군기가 엄하기를 이루 말할 수 없었다. 변소길 가는데도 짝을 지어 가야하고, 혼자서 갈 때이면 옷을 벗어 두고 가야 하고, 걸핏하면 기합 받고 두들겨 맞기 일쑤이니 이런 훈련은 어디에도 없을 것이다.

후반기 교육이 끝나고 배출대에서 며칠이나 묵어 군용열차를 타고 지향 없이 끌려갔다. 올빼미 군용 열차는 어둠 속을 쉬지 않고 달리는데 날이 밝아 멈춘 곳은 용산역이었다. 하루해가 지나고서 서울 떠난 열차는 어둠을 뚫고 첩첩산중을 지나 춘천역에 닿자마자 끌려간 곳에는 제3보충대란 큼직한 아치가 문주 위에 펼쳐있다.

오줌 줄기 금방 어는 유례없는 강추윈데 난로 없는 마룻바닥에 담요 한 장 덮고 자고 강변 찾아 얼음 뚫어 세수하고 빨래하고, 뜨신 국물 하나 없이 김치 얹어 밥 먹는다. 이렇게 혹독한데 또다시 배치되어 어디론가 가야만 한다니 하늘이 캄캄하다. 때마침 수군대는 친구들의 말을 엿들으니 오천 원만 들이면 후방부대 간다고 한다.

주선하는 친구들 믿고 선뜻 돈을 주었는데 그 훗날 하는 말이 부탁 한 일이 잘못되어 그 돈 다시 찾았다며 군목을 찾으란다. 불이 나게 군목에게 달려가서 자초지종을 얘기했더니 어딘가 나간 군목이 내 돈 찾아 돌아왔다. 돈 걱정 덜었다며 내무반의 나무 바닥에 잠을 청해 자려는데 낯선 기간사병들이 나를 불러 데려갔다.

끌려간 내무반엔 신병들 열댓 명이 일렬횡대로 줄을 지은 틈 사이에 나를 끌어 세우고, 너희 놈들 돈 때문에 우리가 망신을 당했으니 어디 한번 맞아보라 호통을 치더니만 수십 명의 사병들이 하나하나 지나가며 주먹으로 치고 발로 찼다. 연이어 닥친 몰매를 요령 있게 피한 끝에 얼굴은 멀쩡한데 종갱이는 묵사발이 되었다.

밤이 지나 날이 밝자 호명하는 장병은 막사 뒤에 모이란다. 무슨 변고 닥치려나 걱정이 태산이다. 부랴부랴 달려가니 완전 무장한 육군 대위가 대열을 정리한다. 새까맣게 그을린 얼굴에 하얀 이가 드러나고 새매 눈 못지않은 두 눈이 반짝인다. 하늘같이 우러러본 육군 대위가 저 모양인데 '이제는 죽었구나.'라고 생각했다. 가슴이 두근거리고 등골이 오싹하다.

해가 지고 날이 저무니 군 트럭에 우리를 싣고 산속으로 산 속으로 계곡을 파고든다. 캄캄한 어둠 속에 전깃불 환히 밝힌 2사단 보충대란 현판이 높다랗게 걸려있다. 정문 안에 들어서니 풀잎 덮은 초가막사는 가지런히 늘어져 있고 높은 산으로 에워 쌓여있어 공산군이 닥치려나 은근히 겁이 났다.

지정받은 초가막사 문을 열고 들어서니 열기가 후끈하게 풍겨나고, 까물거린 촛불 비춰 막사 안이 은은하다. 우리가 잠잘 침상을 보니 두껍게 풀잎 엮은 밑자리에 포근한 이부자리가 가지런히 펴 있고 막사 안 모퉁이엔 흙더미가 쌓여있다. 저것이 무엇일까 고개를 갸웃거리면서 곰곰이 생각하니 그 언젠가 읽은 소설의 뻬치카가 생각났다.

그 흙더미를 만져보니 뜨끈뜨끈한 열이 나고 아궁이를 찾아보니 장작불이 이글이글 탄다. 침상 머리 걸터앉아 얼어있는 몸을 녹이는데 식사하러 오라 하여 식당에 들어섰다. 우리를 인솔해 온 육군 대위가 손수 나서서 우리들의 식사를 보살핀다. 잠자리에 들어서도 편히 잘 수 있나 없나 두루두루 살피신다. 우리나라 그 어디에 이런 장교 있겠는가?

어머니 품 안 같은 따뜻한 부댈 두고 또 어딜 가야 하나 조마조마 했었는데 부관부에 근무한다는 사병이 안동 출신 신병을 찾고 있었다. 얼른 나가 만나보니 저희의 삼촌을 찾으려고 왔는데 우리를 만났다고 한다.

타향에서는 고향의 까마귀도 만나면 반갑다고 하는데 함께 간 친구 셋이서 잘 만났구나 하고, 우리 셋을 잘 부탁한다고 당부를 하였더니 골병이 든다는 보병은 모면하고 63포대, 18포대 사단본부에 보내 주어 헤어지게 되었지만 고향의 까마귀가 우리를 도왔다.

상객 손 못 갈래라

귀향증을 받아들고 집으로 돌아와서 하릴없이 빈둥거리고 있다 보니 근친 왔던 여동생이 시댁으로 떠난단다. 아버진 못 가시고 나더러 여동생을 데려다주라신다.

사가 댁에 당도하여 상노인들에게 상례를 드리고 나니 중노인들이 찾아들고, 중노인들이 물러가니 장정들이 몰려든다. 찾아드는 사람마다 나도 한잔 너도 한 잔 앞다투어 권하는데 어느 술은 받아먹고, 어느 술은 아니 먹나 주는 대로 마시다 보니 술기운이 얼큰해진다. 무쇠라도 녹일 장정 안동소주 몇 됫병에 물러날 리 만무하다. 먹던 술 바닥나니 나더러 구해오라 장난을 건다.

아이도 때려서 울어야만 좋다는데 그 장난 나 몰라라 뿌리칠 수 없는 일이다. 내 동생의 시모를 찾아가서 안동소주

45도 한 됫병을 얻어들고 놀던 방을 찾아드니 모두가 신이 나서 안 먹던 술 더 마신다. 손님들 떠난 뒤에 잠을 청했지만 내 정신은 어인 일로 오란 잠은 오지 않고, 초롱같이 맑아지어 귀여운 내 동생과 정답게 지내온 일들이 주마등처럼 스쳐 간다.

날이 밝자 차려온 상다리가 휘어질 듯한 진수성찬이나 평생을 함께 살 줄로 안 동생을 남겨두고 가야 하니 목구멍에 밥이 넘어가지 않는다. 먹은 척 마는 척하다가 밥숟가락을 놓고 나니 안채에 들리란다.

안내하는 방으로 들어가 멍하니 앉았더니 귀여운 내 동생이 배별상을 들고 와서 '오빠 잘 가.'하고 눈물을 글썽이며 술 한 잔을 권한다. 동생의 시집살이 모진 고생 생각하니 불쌍하기 그지없고 애처롭기 한이 없다. 쏟아지는 내 눈물을 동생에게 보이기 싫어 주는 술 먹다 말고 쫓기는 듯 방에서 뛰쳐나왔다.

언제 불러놓았는지 택시 한 대가 빨리 가자 뿡뿡거린다. 하직 인사 두루두루 나누고, 택시에 오르는데 동생은 옷자락에 매달리어 잘 가라며 훌쩍인다. 내 마음도 울적하여 얼른 차 문을 콱 닫았더니 택시기사는 기다리다 화가 난 모양이다.

터덜거리는 비포장 길을 사정없이 달렸다. 내 몸 함께 울렁거리어 밤낮없이 마신 술에 아침밥 보태어서 먹은 음식을 울컥울컥 토해낸다. 그러는 와중에도 실낱같은 정신이 남아 있어 동생 이름 부르며 '잘 살아라. 잘 살아라.' 쉬지 않고 외치다가 정신을 잃어 혼비백산하고 말았다.

정신을 차리고 보니 나를 돌보라 함께 따라온 인정스런 우리 매부, 가시내 큰길 가에 쓰러진 나를 혼자서 감당 못 해 집으로 파발 보내 상머슴을 불렀단다.

매부와 상머슴이 내 겨드랑이를 꽉 끼고 오르락내리락하는 오솔길을 거니는데 내 양다리는 휘청거리며 발을 옮기기 힘들었다. 정신없이 끌려가다가 보니 우리 집이 눈에 번쩍 띈다. 야단났구나! 내 꼴을 보였다간 아부지께 혼이 날 텐데 정신이 바짝 차려진다.

평시에 먹은 마음 취중에 뱉는다는데 취중에 뱉은 내 말을 동생은 새길 건가? 피붙이 내 동생을 남겨두고 떠날 자리 '상객 손'은 알고는 못 갈 일이다.

第2地大 36 號

冬栢章證

所屬 安東클럽

姓名 南 大錫 L

貴下는 透徹한 奉仕精神으로서
라이온스 繁榮發展에 寄與하신 功이
至大하므로 本地區의 最高 名譽
인 冬栢章을 授與함

1990年 4月 21日

國際라이온스協會 309-N 地區

總裁 金 昌 根

동백장증 및 훈장

3부

낙시의 진수

수필문학 정의正義의 탐구探究
정의사회 구현하자
설악산은 영산이다
우리 어매 넋은 어디에 머무실까
우리 농촌의 현실과 전원의 낙
남 돕는 손 흐뭇하다
소백산의 신령들
낚시의 진수眞髓
내 마음속 경주고도古都

수필문학 정의正義의 탐구探究

신인문학상 수상식에 참석하니 우후죽순처럼 증가하는 문단으로 인하여 등단작가 홍수시대를 맞았다고 한다. 한국문인협회에 등록된 작가 수만 하여도 무려 일만삼천 명을 훨씬 넘는데, 수필문학 작가만도 삼천 명을 넘는 문학춘추전국시대를 방불케 한다고 한다. 이는 언론과 출판이 권세權勢의 억압에서 벗어나는 징표라 다행이라고 본다.

하지만 격려사에 의하면 기하급수적으로 증가하는 작가들의 자질을 우려하여 등단이란 문학 입문이라 여겨야 하고, 좋은 글을 쓴다고 평가받을만한 문인이 되기란 지극히 어려운 일이라고 한다. 그러므로 등단으로 안주할 것이 아니라 부단한 노력을 경주傾注해야 한다는 격려激勵가 이구동성이다.

　만시지탄이나 수차에 걸친 신인문학상(수필)을 수상하였음에도 불구하고, 수필이란 어떻게 써야만 좋은 글이 되는지를 잘 알지 못하고, 국어사전에 명시明示된 바와 같이 "그때그때의 일을 본대로 들은 대로 느낀 대로를 붓 가는 대로 적어낸 글이다."라고 여기며 만년晩年에 이르기까지 글을 써온 것이 숨길 수 없는 사실이다.

　그러나 막상 수필문학에 등단된 작가로서 좋은 글을 쓰려고 하니, 수필문학에 대한 소양을 쌓아야겠다는 생각이 간절하였다. 그리하여 동서고금의 수필문학에 연관된 글들을 모아서, 이를 내용에 따라 분류하여 아래와 같이 정리해 본 것이다.

　★ 수필에는 인생의 깊은 사색과 통찰의 단편斷片이 번쩍이고, 객관성을 띤 자아와, 인생의 의미와 예지와, 페이도스 pathos가 있다. 수필은 정열이나 심오한 지성을 내포한 문학이다. 그 속에는 인생의 향기와 여운이 숨어있고 온아우미溫雅優美하며, 우아하고 산뜻한 문학이다.

　★ 수필문학은 방향을 가지지 아니할 때는 무미하다. 수필

은 그 글을 쓰는 사람을 가장 솔직하게 나타내는 문학 형식이다. 수필은 수필대로의 멋이 있다. 수많은 인생 경험에서 우러나오는 위트wit와 유머humor가 한데 얽혀 있다.

★ 자기구원을 달성하는 방법으로 수필문학이 있다. 수필문학이야말로 현대인의 구세주인 것이다. 사람들이 바라는 구원이란 부당함에 항거하고 정의의 편에 서는 것을 뜻한다.

★ 사상은 대개 역경의 산물이다. '붓이 칼보다 무섭다.'라고 한다. 붓이란 사상을 가리키는 말이다. 칼에 잘린 붓은 붓이 아니다. 붓은 불사조요 영원한 지배자다.

이와 같이 수필문학의 특성과 이념과 사명과 행로가 있음을 탐지探知할 수 있었다. 수필문학을 탐구하여 보니 수필은 결코 쓰기 쉬운 글은 아니요, 본대로 들은 대로 느낀 대로 붓 가는 대로 쓰는 글은 결코 아니다. 이는 수필문학을 경시하는 구시대적 발상이다.

오늘날의 수필문학은 진흥시대와 중흥시대를 지나 전성시대全盛時代를 맞고 있는 현실이다. 이에 독창성獨創性을 극대화하고, 특성을 고양高揚하는 수필의 정의正義가 절실切實히 요구된다고 본다.

수필문학의 뜻을 바르게 정의하기 위한 요소는 첫째, 모든 생활인은 나름대로의 특유한 인생관과 세계관을 가질 수 있다. 이상理想이란 그 사람의 철학적 관점을 말하는 것이며 사람마다 특유의 예지叡智를 갖는 것이다. 이 생활인의 예지를 수필가의 정신적 이념으로 삼아야 할 것이다.

둘째, 수필은 먼저 자신을 순화純化하고, 사회를 정화淨化하는데 이바지하며 나아가 사람들의 심성을 도야하고, 인간이 인간답게 살 수 있는 지혜를 가르쳐 주는 예술이어야 함을 수필문학의 특성으로 삼아야 할 것이다.

셋째, 수필가는 청렴결백을 미덕으로 삼고, 인仁과 의義 속에서 떳떳하게 글을 써야 한다. 청백淸白 강의剛毅하고, 공명정대公明正大한 선비정신을 수필의 사명으로 삼아야 할 것이다.

넷째, 수필은 인생의 취향趣向과 여운이 숨어 있으며 꽃다운 향기를 갖지 않고서는 무미건조하다. 좋은 수필을 쓰려면 자신을 반성하는 자세로 쓸 것이며 앞날을 바로 잡는 거울이 되게 써야 하고, 자기의 체험과 사색의 글이 되어야 하고, 거짓 없이 진솔하게 써야 하며 삶의 철학이 깃들고 감명을 주는 글이어야 한다. 이것이 수필문학이 지향하는 행로라고 보아야 하는 것이다.

이와 같은 정의에 의거하여 글을 쓴다면 수필문학은 독창성을 띤 떳떳한 문학으로 거듭나게 될 것이며, 수필가는 누구에도 구애받지 않고 자기의 소신에 의거하여 작품을 구성하고, 구김 없는 글을 쓰는 기개氣槪가 고무鼓舞되어 시대적 요구에 부응하는 붓이 꺾이지 않는 좋은 글을 쓸 수 있으리라 믿는다.

수필문학 정의의 변혁이 절실히 요구되는 까닭은 시대적 요구에 적나라하게 부응하는 수필문학작품이 희소할 뿐 아니라, 국가와 사회의 진취적인 개혁에 선도적인 역할을 해야 할 문학이 본연의 사명을 수수방관하고 안일을 일삼고 있기 때문이다.

자연은 무궁무진하지만, 인생의 문화 속에는 끊임없는 변화와 진취적인 기상이 분출되기 마련이다. 그럼에도 불구하고 이념과 특성과 사명과 행로가 없는 문학이란 방황할 수밖에 없을 뿐 아니라, 세속의 풍류에 휩쓸리게 되고 말 것이다.

이에 대한 대책은 문학 전반에 대한 논의가 수반되어야 하나, 부득이한 경우에는 수필문학만이라도 작가들의 결연한 의지와 부단한 노력을 감수하고, 상기에 명시한 탐구를

유념하여 심사숙고한 협의에 의거하여, 시대적 요구에 부응
하는 바람직한 수필문학의 정의를 확립하는 것이 오로지 절
실한 급선무일 따름이다.

정의사회 구현하자

약동하는 민주요람 대지를 진동하니 암흑의 장벽은 소리 없이 무너지고 굳게 닫힌 철창은 해금이라 열려지고 학원의 자율화라 서광이 비치더니 학수고대 갈망하던 정의사회 구현기치 하늘 높이 치솟는다.

구호에 그치지 않은 신의 가호기원하며 기나긴 동면에서 광명 찾아 깨어났다. 부스스 눈 비비고 세상을 바라보니 비리는 암약하고, 황금은 편중되고, 관존민비 문턱 높고, 사리사욕 눈이 멀고, 탐관오리 어이없고, 입신양명 혈안이 되어 권모술수 일삼자니 불법무법천지 되어 육법이 팔법 되고, 사회는 혼탁하고 민생은 고달프고 인정은 메말랐다.

기대했던 신세대는 악의 마력에 감염되어 부정의 묘를 더해가니 공직자 부정부패 구조적 비리 되어 죄의식을 모른다.

선량한 백성들은 입신양명 한이 되어 자녀교육에 혈안이 되어 도시인구 폭발하고, 지각없는 청소년은 윗물 따라 들썩이니 일한 보람 일손 묶여 한탕주의 판을 친다.

천하지 대본이던 농자는 천민이 되어 우리 국토 묵어가고 천대받는 노인들만 제 무덤을 파고 있다. 살펴보라 만인이여 부정 않고 치부한 이 몇몇이며 아첨 않고 출세한 이 누구인가? 진위선악 혼돈되고 정의사회 멍이 들고 인륜지도 허물어져 인간성은 황폐됐다.

우직한 백성들은 권세에 복종하고 필객은 붓을 놓고 언론은 말이 없고 현자는 침묵하는데, 지각없는 아첨배는 앵무새 돼 조잘대니 오늘의 우리 현실 바로 알기 어렵다. 호국영령 그 투지는 어디로 사라지고 민주열사 그 충혼은 어디에 머무르나. 만백성 고혈 빤 이 민심이 천심이라 민의를 살펴어라.

"금준미주는 천인혈이요 옥반가효는 만성고라 촉누낙시 민루낙이요, 가성고처 원성고(金樽美酒 天人血 玉盤佳肴 萬姓膏 燭淚落時 民漏落 歌聲高處 怨聲高)라." 암행어사 이 도령의 말씀을 명심하고 새겨두라. 외치는 그 함성이 구호에만 그치지 않고 만백성 하나 되어 악의 타성 씻어내어 우리 사회 정화하고 정의사회 구현되길 손꼽아 기다린다.

설악산은 영산이다

예정했던 버스를 놓쳐 택시를 타고 영주로 가서 영동선 열차를 갈아탔다. 열차는 검은 연기를 뿜으며 꼬부랑 고갯길을 감돌아 심심산천을 해치는데 우람한 송림과 백옥 같은 시냇물이 진풍경을 자아내어 산자수명山紫水明이란 말이 떠오른다. 헐떡이던 열차가 태산중령을 넘어서니 들판이 드러나고 삼척을 지나가니 탁 트인 동해바다가 속 시원히 눈앞에 펼쳐진다.

열차는 해변을 끼고 북을 향해 달리는데 얼마 전 친구들과 평해 온정을 가는 길에 보았던 남북으로 뿌리박은 찬란한 무지개가 눈앞에 아롱거리어 통일을 염원케 한다.

강릉에 도착하여 버스를 갈아타고 낙산에 도착하니 서울을 떠나온 처형과 처제가 먼저 와서 우리를 기다린다. 생업에 급급하여 천하 명산이란 설악산 구경을 못 하다가 아내의 권유를 마다하지 않고 훌쩍 따른 것이 염치없게 되었다.

행장을 풀어놓기 바쁘게 낙산사를 갔는데 관람 시간이 지나서 숙소에 돌아와 내일 새벽 해돋이를 보기 위해 단잠을 재촉했다. 잠을 깨자마자 바닷가로 달려가니 드넓은 바다는 호수처럼 잔잔하고, 저 멀리 수평선은 하늘과 맞닿아 붉게 물들었다.

유심히 보는데 붉게 타오르는 태양 두 개가 수평선에 올라서며 이별을 하는데 하나는 등천하고, 다른 하나는 물속으로 사라진다. 일출의 장관을 지켜본 뒤 동양 최대의 석불이란 불상을 찾아갔다. 엄청나게 큰 불상이 은은한 미소를 지으며 동해를 바라보는데 무엇을 기원할까? 알 길이 막막하다. 발걸음을 돌리어 낙산사를 찾아갔다. 오늘도 인적이 없어 하루살이 집을 찾아 빈 배 속을 채우고 나서 택시를 타고 설악산으로 떠났다.

설악산 입구에 닿자 택시기사는 차를 멈추고 "구경들 잘 하세요." 하며 제 갈 길을 서두른다. 아슬아슬한 케이블카를 타고 권금성을 올랐다. 간 큰 남자라고 자부하는 대장부인데도 막상 타고 보니 현기증이 솟는다. 케이블카를 내려서 휴

게실을 찾아들어 따뜻한 차 한 잔으로 현기증을 가라앉혀 산마루의 바위에 올라갔다. 산 아래를 내려다보니 가물가물 지옥이요. 먼 산을 둘러보니 산정마다 잔설이 남아있어 호호백발을 연상케 한다.

권금성을 내려와서 두 처제의 뒤를 따라 울산바위를 오르는데 주점들이 즐비하게 펼쳐있다. 갈증도 나거니와 이곳의 술맛이 궁금하여 막걸리 한 사발을 단숨에 마셨더니 기분이 한결 상쾌하다. 두툼한 윗도리를 주막집에 맡겨두고 구절양장을 오르는데 숨이 차고 다리가 휘청거린다. 그만 돌아갈까 하다가도 가고 못 가는 건 '마음먹기 나름이다.' 하고 마음을 가다듬어 가파른 절벽을 땀을 뻘뻘 흘리며 허겁지겁 오르다 보니 커다란 노송이 쓰러져 길을 막고 있는데 사람들의 손때가 묻어 반짝인다.

그 노송을 붙잡고 간신히 오른 앞엔 병풍처럼 에워 쌓인 암벽이 앞길을 막아섰다. 산을 이룬 이 큰 바위를 '울산바위'라 하는데 그 암벽을 오르라고 쇠사다리가 놓였으나 가파르고 삐걱거려 행여나 떨어질까 소름이 끼치는데 하나뿐인 아들이 농담으로 한 말이 불현듯 떠오른다. '아빠 조심해 죽으면 못 돌아와.' 사력을 다해 오른 정상은 안개에 묻혀 아무것도 보이지 않아 허망하기 그지없다. 그러나 이렇게도 힘든 울산바위 정상을 정복하고 보니 어깨가 으쓱하고 자부심이 솟아난다.

바위 위에 덥석 앉아 가쁜 숨결을 가라앉히고 흐른 땀을 닦아내고 벌떡 일어나 천하를 둘러보았다. 난데없는 사나이가 불현듯 나타나서 유창한 말솜씨로 관객들을 휘어잡고 전경을 알리는데 청산유수처럼 흘러내는 말에 눈길 따라 돌아가고 마음 끌려 들먹인다.

오른쪽을 바라보니 우거진 숲 사이로 속초시가 물 위에 동동 뜨고, 북을 향해 목을 돌리니 인제 가면 언제 오나 원통해서 못 살겠단 인제와 원통을 잇는 길이 흙빛을 토해낸다. 저 멀리 보인다는 이승만, 김일성의 별장은 안갯속에 묻히어 보이지 않아 궁금하기만 하다. 서쪽으로 향해보니 겨레의 정기를 듬뿍 담은 장엄한 능선들이 남쪽으로 꼬리 치며 둥실둥실 춤을 춘다.

대청봉의 조난현장을 죽음의 계곡이라 부른다고 하더니 '울산바위'라 부르게 된 전설을 전해준다. 그 얘기를 요약하면 천하명장 한 분이 울산에 있던 바위를 금강산에서 개최하는 전시회에 출품하려 이곳까지 들고 와서 힘에 겨워 놓아두었는데 울산에서 옮겨왔다 하여 울산바위라 부른다고 한다. 한편으론 이 바위의 전경을 살펴보면 반쯤 핀 연꽃의 모양이라 하여 연화반개봉이라고 하였다며 말끝을 맺는다.

유수같이 쏟아낸 말을 귀담아듣고 있던 관객들이 손뼉을 치며 산 사나이의 말솜씨에 탄복한다. 내가 이 정상의 절경을 다시 한 번 볼 수 있으려나 우려되어 사방을 둘러보니 광활한 대지가 발굽 아래 펼쳐지고 용의 모습으로 꿈틀거리는 산줄기는 드높은 기상으로 구름을 뚫고 하늘을 훨훨 난다.

흐뭇한 마음으로 하산을 하려는데 막내 처제가 나를 당기어 건강진단을 능가한다는 울산바위정복 기념메달을 목에 걸어준다. 기념사진을 찍으려니 필름이 동이 나서 젊고 어여쁜 아가씨에게 우리 사정을 얘기했더니 흔쾌히 승낙을 하며 사진을 찍어 준다. 세상인심이 아무리 야박하다 해도 아직은 살만한 세상이다.

산행은 정상을 정복하는 쾌감을 맛보기 위함일 진 데 사력을 다하여 오르고 보니 등천한 기분이다. 오르막이 있으면 내리막이 있는 법 내려오는 하산 길은 발걸음이 가볍다. 산을 오를 때 못 들렀던 흔들바위를 찾아가 나 혼자 버티면서 힘껏 떠밀어 보았으나 꼼짝달싹 않는다.

내가 애태우는 모습을 보다 못한 젊은이들이 고맙게도 도와주어 흔들바위는 흔들흔들 움직이나 아무리 굴려 봐도 굴러가지 않는다. 하지만 '사람에서 정을 느끼고 산에서 정기를 일깨운다.'는 말이 내 가슴에 와 닿는다.

발걸음을 재촉하여 윗도리를 맡겨둔 주막에서 기다리는 내자와 처형을 만나 도토리묵과 빈대떡에 왕대포를 곁들이니 천하일미 아니던가. 시장기가 달아나고 쌓인 피로가 확 풀린다. 설악사를 들렀다가 숙소를 찾아가려 택시를 탔는데 설악산의 전경이 또다시 눈앞에 아롱거린다.

어느새 차는 굴러 숙소에 다다랐다. 현관문을 열고 들어가다가 용틀임 치는 영산靈山이 아쉬워서 뒤돌아보니 겨레의 정기精氣를 담아 웅비청공雄飛靑空하던 영산은 줄기마다 어둠 속에 곤히 잠이 든다.

우리 어매 넋은 어디에 머무실까

설 차례 지내려고 서울의 형님댁을 찾아가니 우리 어매 나를 보고 '대변을 못 봐 야단이다.'라고 하시며 보름 동안이나 변을 보지 못했단다. 병원엔 가봤느냐고 넌지시 물었더니 병원 갈 수 없었단다.

그도 그럴 것이 하나밖에 없는 형님이 뇌출혈로 쓰러진 지 십여 성상이나 되다가 보니 자식 걱정하시느라 아프단 말 못하시고, 서울 지리를 모르다 보니 혼자 갈 수 없을 뿐더러 맘씨 여린 여자라 병원 가기 쑥스러워 이리저리 미루다가 그리된 모양이다.

설 차례를 올리기 바쁘게 어매(어머니)를 모시고 안동에 내려와서 병원에 갔더니 '직장암이 극심하니 수술을 서두르세요.'라고 의사가 당부한다. 청천벽력 같은 그 말을 듣고 나니 가슴이 두근거리고 안절부절 못한 데다 어매 앞날을 생각하니 암담하기 그지없다.

단칸방 외딴집에 소 먹이며 내 고생 막심할 때 홀몸이 된 우리 어매 홀로 지내시느라 적적하셨는지 동생들 집을 떠도시다가 나를 찾아오시어 어매 형편을 말씀하시며 상의하러 오셨다.

팔 남매나 되는 자식들은 하나같이 단칸방 신세라 어찌할 방책이 없는지라 형 병환 돌봐줄 겸 서울에서 머물라 하고 당부를 드렸더니 '네 고생 못 보겠다. 제발 그만두라.'라고 하시며 서울로 떠나셨다.

아배 제사를 지내야 하고, 우리 어매 보고 싶고 형 병환 궁금하여 서울에 갔었는데 형편이 여의치 않아 안동의 우리 집으로 모셔올 수밖에 없었다. 어머니를 모시고 경대병원을 찾아가니 수술할 사람이 너무 많아 기다려보라고 한다. 이리저리 수소문해 기독병원엘 갔는데 그 병원 외과 과장이 수술하면 고친다고 호언장담을 한다. '우리 어매 살렸구나.' 하고 우려했던 마음이 누그러졌다.

수술실로 가기 전에 침대 위에 누운 어매 상심이나 덜까 하여 어매 곁에 다가섰다. 어매 손을 꼭 잡고 어매어매 수술만 하고 나면 오래오래 사신단다. 아무 걱정 마시라고 하였더니 우리 어매 하신 말씀 '너네 식군 다 왔다만 우리 식군 안 보이나.' 하시더니 돌아눕고 마신다.

이 이야기를 듣는 이들, 우리 어매가 말씀하시는 우리 식구가 누구인지 짐작이나 하겠는가? 우리 어매 우리 식구란 친정 식구를 가리키는 말이다. 우리 어매 오매불망 친정 걱정 애태운 줄 짐작하고 남을 거다.

수술실에 드신 어매 두어 시간 걸린다던 의사 말은 거짓이 되고 다섯 시간이 지나도록 아무런 소식이 없더니 정오에 드신 어매 여섯 시가 되어서야 의사가 나를 불러 하는 말이 수술 중 심장마비가 와 아무리 애를 써도 깨어나지 않는단다. "목숨은 살아있나."하고 화가 나서 다그쳤더니 "최선을 다하고 있다."고 하지만 거짓말이라 볼 수밖에 없었다.

의사 놈 덤벼들어 혼을 내야 마땅하나 이미 세상을 떠나셨으리라 생각되니 화풀이한다 하여 살려낼 길 없을 터라 동생들 불러 모아 사정을 얘기하였다. 무슨 수가 있을 건가 운명하신 우리 어매 의료과실 분명한데 따진다고 살아나지 못할진대 의료과실 판정된들 목숨은 구할 수 없을 터라 무엇을 바랄 것인가? 불쌍하신 우리 어매 부검까지 해야 하나! 고향에 모셔다가 고이고이 안장해야지 다른 방도가 없었다.

의사에게 집으로 모실 테니 도와달라고 당부를 하였더니 침대에 실려 나온 우리 어매 곁에는 마취사가 인공호흡을 하고 있다. 어매 손목을 잡고 혈맥을 짚어보니 체온은 싸늘하시고, 혈맥은 멈춰지고, 호흡마저 끊어져 두 눈 감고 고이 잠드셨다.

앰블런스 불러다가 어매 고이 모시니 동생들은 둘러앉아 어매가 깨어나길 기다린다. 따라온 의사 놈은 능청스럽게 호흡기를 눌러대고 운전기사는 응급신호를 번쩍이며 쏜살같이 달려서 고향집에 도착했다.

살리려던 우리 어매 시신 모셔 놓았으니 이 설움을 참을 수 없어 땅을 치며 통곡하다가 내 정신이 몽롱해졌다. 아내가 구하여준 청심환을 먹고, 정신을 가다듬어 어매를 고이 모셔 사랑방에 옮기는데 해맑으신 육신에 붉은 피가 홍건하다. 향물 달여 고이고이 내 손으로 씻어내고 아배 곁에 합폄하니 먼저 가신 우리 아배 반기실까 못난 자식 탓하실까 서운하기 그지없다.

불쌍하신 우리 어매 열일곱 살에 우리 집에 오시어 삼대 내외 층층시하 3년 봉상 지내시랴, 빈소 상 오랜 세월 끊일 날 없는 데다 제삿날 끊이지 않고 사랑방 찾는 손님 하루 멀다 줄을 이었는데 외가식구 곁들이고 우리 어매 몸 닳고 마음고생 헤아릴 수 없었는데, 아들딸 여덟이나 키우며 농사바라지 하시느라 한평생을 호강 한번 못 하시고 세상 뜨니 불쌍하다 해야 하나 원통하다 해야 하나?

서울서 모셔올 때 청량리역 대합실에서 어머니께 '소 먹이며 고생한 일 이젠 그만뒀다.' 말씀드렸더니 침울하신 얼굴을 환히 밝히시며 '이젠 죽어 한이 없다. 너 걱정 덜었으니.' 하시면서 얼마나 반기셨는지 모른다. 그때 그 모습이 눈에 선히 떠오르고 귀에 쟁쟁 울려온다.

부모의 은덕을 갚고자 하면 은혜가 하늘같이 다함이 없다. 어버이가 살아계시면 예禮로써 섬기며, 돌아가시면 장사葬事 때에도 예로써 모시며 제사祭祀를 모실 때도 예로써 지내야 함이 지당하지 않겠는가···.

어매 병을 고치려다 시신으로 모신 죄를 사하려고 소상 한 해를 내가 모시고 아침, 저녁으로 상석을 올리고, 초하루 보름날이면 진수성찬을 차려 올려 살아생전 못한 효성 때 늦으나 하여보랴 지성으로 명복을 비니 지성이면 감천이라 못난 자식 용서하려 먼 길 찾아오셔서 맛있게 잡수실까?

오매불망 친정 걱정 하신 어매 그 영혼은 수몰되어 폐허가 되고 어르신네 세상 떠나 머무를 곳 없는데도, 자라난 고향이라 원촌하늘을 떠도시나 '내 자식이 좋다.'하고 주손 댁에 머무실까! 우리 어매 "진성眞城 이씨李氏 19세世, 이황李滉 15대代 중中자 계啓자 3녀女 차필丑畢이라." 묘 가장실 상촌 동편 을좌로 고위와 합폄하니 오호 애재로다. 슬프고도 슬프구나. 삼가 명복을 지성至誠으로 빕니다.

우리 농촌의 현실과 전원의 낙

전원의 낙은 일찍부터 가꾸어온 나의 이상
理想이다. 이 꿈으로 하여금 나의 소망인 문학의 씨앗이 싹트
게 되었고, 이 꿈을 가꾸며 살아온 것이 내 인생의 전부라 해
도 과언은 아니다. 이 꿈을 실현하는 곳은 인적이 드문 한적
한 골짜기의 터전이다.

이 터전은 양쪽으로 뻗은 산줄기가 포근히 감싸고 있어
계절에 따른 아름다운 병풍이 되고, 하늘을 지붕 삼아 태양
과 함께 일을 하고, 새들과 노래하고 바람 따라 춤을 추며 인
생을 향유하는 낙원이기도 하다.

문일평의 수필에는 "경산조수耕山釣水는 전원생활의 일취逸
趣이다. 인류는 본래 자연의 따뜻한 품에 안겨 토향土香을 맡
으면서 손수 농사를 짓던 것이니 이것이 신성한 생활이라 하

여 농자천하지대본이라 한지도 모른다. 이른바 운수雲水로서 향鄉을 삼고 조수鳥獸로서 군群을 삼는 도세자류逃世者流는 좋은 것이 아니다.

궁경躬耕의 여가에 혹은 임간林間에서 채약採藥도 하고 천변川邊에서 수조垂釣도하며, 태평세의 일인민一逸民으로서 청정하게 생활함은 누구나 원하지 않으랴. 하지만 염담과욕으로 무영 무욕의 몸이 되어 심신이 자유로워진다 하더라도 그보다 앞서 생활의 안정이 전제되어야 한다."라고 하였다.

그러나 오늘날 농촌의 현실을 산업의 변천에 따라 퇴색되어 감은 유감스러운 일이다. 이것은 농사가 산업의 주축이 되어 생활의 안정을 도모할 수밖에 없었던 시대의 옛이야기가 되고 말았다. 오늘날은 과학문명의 발달로 인하여 농촌을 떠나서도 생활의 안정을 도모할 수 있고, 각종 위락 시설과 자연의 풍광을 여가에 따라 마음껏 향유할 수 있는 현실이다.

그리하여 오늘날의 농촌은 선망先望의 농촌도 아니요, 동경憧憬의 향촌鄉村도 아니요, 살기 좋은 낙원도 아니다. 그것은 농사로서는 생활의 안정을 도모할 수 없고, 농촌에서 즐길 수 있었던 위락시설은 교통이 편리하여 어디에 살더라도

취미를 고양高揚할 수 있게 되었을 뿐 아니라, 자녀의 교육환경이 열악한 탓이기도 하다.

그리고 공산품을 수출하기 위해 희생양이 된 농촌을 위한 시책들은 눈 감고 아옹 하는 식의 미봉책으로 일삼아온 까닭에 농촌은 더욱 피폐해지기에 이르렀다. 더욱이 3D, 즉 힘들고, 위험하고, 더러운 일은 하지 않겠다는 관념이 팽배되어 도시생활의 권태자, 퇴직자, 노숙자들마저도 귀향 또는 귀농은 하지 않는 실정이다. 이런 각종 연유들에 의해 방방곡곡에 산재되어 있는 허물어져 가는 빈집과 묵어가는 천혜의 옥토와 미봉책으로 흉물이 된 국민들의 혈세를 낭비한 시설물들을 볼 때마다 가슴이 아프다.

이러한 농촌의 실정에도 불구하고 전원을 사수하는 이들이 있다. 비록 농경생활로서 생활의 안정을 기하지 못하고 전원의 낙을 누려보지도 못할망정 안빈낙도의 길을 모색하며 살아가는 선량들이다. 이는 농촌에 대한 애착이 유별하거나, 전원에서 보람을 찾을 수 있거나 그렇지도 않다면 농촌이 아니고는 살아갈 길이 없는 사람들이다.

인생 수업은 고요한 곳이 좋다고 생각한다. 내가 굳이 이 터전을 떠나지 않는 것은 나름대로의 전원의 낙을 향유할 뿐 아니라 우리 농토를 기름진 옥토로 가꾸는 한편 마음의 안식처가 되고, 나의 이상인 글을 쓰는 사색의 전당이 되기 때문이다.

이곳은 적막한 곳이라 명상에 잠길 수 있고, 일을 하다가 보면 진주보다 귀한 낱말이나 어구語句들과 글을 쓰는데 기발한 착상을 발굴할 수 있기 때문이다. 그리하여 이 터전은 오늘날의 나를 낳은 모체요 나의 더할 나위 없는 낙원이라 할 수 있다.

그리하여 꾸준히 써둔 글을 한데 엮어 인생을 마감하려는 책자 「인생반추」를 발간함으로써 때늦으나 문단에 등단이란 영예를 얻었으며 국립중앙도서관에 영구소장이 되어 인생을 마감하려던 글이 오히려 76세의 노령에도 불구하고 새로운 삶의 시작이 된 것이다. 굳이 이렇게 쓰는 것은 '하면 된다.'는 사실로 우리 농민들의 사기를 진작振作하고자 함이다.

바라건대 정부는 농심이 천심인 줄 알고, 진정으로 농민을 위하고 농촌을 부흥시키는 선봉에 서 주길 바란다. 그리고 우리 농민들도 몰락한 오늘날의 현실을 개탄하고만 있을 것이 아니다. 농촌을 부흥시키는 것이 신성한 일이다. 따라서 각자의 소임에 성실을 다하여 우리의 농촌을 가꾼다면 떠나는 농촌이 아니라 찾아드는 농촌으로 환원됨은 물론이요, 더욱 살기 좋은 낙원으로 가꾸어져 향기로운 인생을 마음껏 누리게 되리라 믿는다.

남 돕는 손 흐뭇하다

    잘살아 보겠다고 앞만 보고 살던 몸이 곁눈살필 겨를 생겨 유서 깊고 전통 있는 봉사단체 안동라이온스클럽을 (1978년 1월 10일) 입회한 지 18년이나 지났다.

    봉사 재력 부족하고 쌓은 덕은 없었으나 남 돕겠단 일념으로 배지를 달고 보니 회원지간 우의 쌓아 사회생활 원활하고, 라이온스 정신을 이어받아 봉사역군이 되고 보니 옹졸했던 내 안목이 넓어지고, 품위가 고양되고, 처신은 바르게 변해간다. 재무, 총무, 이사들을 두루두루 거치면서 성심성의 다했더니 봉사 단체 그 막중한 회장 직을 맡게 되었다.

    막상 맡고 보니 국제사업 협력하고, 지구사업 따라야 하고, 클럽사업 하나하나 빠짐없이 시행하자니 책임이 막중하다. 회원친목 도모하고, 사회행사 협조하고, 길거리 쓸어야 하고, 식목할 산 정해두고 나무 심어 가꿔야 하고, 입학시험 닥칠 때면 학생 수송하여야 하고, 불우이웃 도와야 하고, 소년소녀 가장 돕고, 무의촌 의료봉사 주선하여 실행하자니 몸 둘 바 모르는데 우리 회관 3층 건물 새로이 증축하니 돈복이 많아선가 일복이 터져서인가?

우리사회 그늘진 곳 찾고 또 찾아다녀 온정의 손 뻗칠 때면 돕는 손 흐뭇하고 받는 손 감격하여 눈시울을 붉힌다. 남 돕는 일은 더할 나위 없는 사랑이다.

동분서주 하여가며 노심초사 하다 보니 나도 몰래 한해가 어느 듯 흘러갔다. 그 숱한 봉사활동을 빠짐없이 이행하니 내 가슴이 뿌듯한데 회관 3층 증축(1989년 11월 준공) 공적 후세에 남으리라

우리클럽의 혁혁한 공적을 지구총재가 인정하여 봉사단체 최고명예인 동백장증과 훈장을 내게 수상하였고, 내 업적을 어찌 알았는지 역사편찬회 「대한민국 5000년사-한국인 물사」 책자에 수록되어있다.

이 세상에 태어나서 사람답게 살아나온 보람이 아니겠나. 묵묵히 일한 공적을 찾아서 살펴주니 다행이라 해야 하나 영광이라 여겨야나. 윤리가 흔들리는 혼탁한 사회에서 내 살길

바로 잡은 라이온스 정신이 어떠한지 소개하고 싶다.

라이온스의 이념

공덕심이 투철한 사람들이 지방의 어려운 사람들을 위해 재능을 공동으로 투자하는 집단으로 가족이나 개인을 돕는 데 전념하며 나아가 지역사회에 최대한의 봉사와 국제라이온스가 벌이는 구호 사업을 후원하는 봉사단체이다.

Lions 란

Liberty Intelligence Our Nations Safety의 머리글자로 "자유와 지성은 우리국가의 안전"을 슬로건으로 하며 We Serve, "우리는 봉사한다."를 모토로 활동한다.

라이온스 윤리강령

1. 자기 직업에 긍지를 가지고 근면 성실하여 힘써 사회에 봉사한다.
2. 부당한 이득을 배제하고 정당한 방법으로 성공을 기도한다.
3. 남을 해하지 아니하고 자기 직업에 충실한다.

4. 남을 의심하기 전에 먼저 자기를 반성한다.

5. 우의를 돈독히 하며 이를 이용하지 않는다.

6. 선량한 시민으로서 자기의무를 다하며 국가민족사회의 향상을 위하여 노력한다.

7. 불행한 사람을 동정하고 약한 사람을 도와준다.

8. 남을 비판하는데 조심하고 칭찬하는데 인색하지 않으며 모든 문제를 건설적인 방향으로 추진한다.

소백산의 신령들

소백산 철쭉제라 수차에 걸친 보도에 솔
깃하여 꼭 가보고 싶던 차에 소백산에 가자고 서울의 막내
처제로부터 연락이 왔다. 계속된 비로 인해 밀린 일이 태산
이나 동문동의 처제가 아침 일찍 찾아와서 함께 가자고 아양
을 떨고, 아내가 은근히 부채질을 한다. 못 이긴척하고 기차
를 타고 풍기역에 도착하니 서울을 떠나온 일행들이 먼저 와
서 기다린다.

희방사에 가려고 택시를 타고 보니 아리따운 여기사가 반
가이 맞아주며 쌩글쌩글 미소를 짓는다. 아가씨 옆에 앉으니
한결 즐겁다. 희방사 광장에 내리자마자 폭포로 올라 폭포수
가 내다보이는 식당에 들어 쏟아지는 폭포수의 경관을 내다
보며 산채 밥을 사 먹고, 연하봉을 오르는데 처형과 아내는

올라갈 자신이 없다며 죽치고 앉았다.

우리는 다녀오마 하고 두 처제는 생글생글 웃으며 먼저 떠났다. 처제들을 따르려고 돌멩이가 굴러떨어지는 위험하고 가파른 산비탈을 허겁지겁 오르자니 숨은 차오르고 다리는 뻐근하다.

돌아갈까 하다가도 '하물며 사나이 대장부가 아녀자들만 못할 손가.'하고 마음을 가다듬어 안간힘을 다하는데 따르려던 처제 둘은 엉덩이 가볍게 살방살방 걷더니만 눈앞에서 사라졌다. 산행이란 일행이 함께해야 피로와 지루함을 잊게 되고 더욱 즐거울진대….

산등성을 올라보니 철쭉제라 떠들썩하더니 철쭉은 져버렸고 휴일 맞은 등산객이 즐비하게 줄을 이었다. 지나가는 아가씨들 웃음꽃 반갑고, 아기를 등에 업고 어린아이 손을 잡은 부부는 안타깝고, 지팡이를 짚은 노인네는 측은하다. 남녀노소가 산을 오르니 '산이 무척이나 좋은가 보다.'하고 안간힘을 다하여 앞선 행렬의 뒤를 쫓는다.

산 중턱에 올라가니 산마루는 아득한데 안개가 깊게 덮여 하늘과 땅이 하나다. 흘러내린 콩죽 같은 땀방울을 손바닥에 훔치면서 후욱 한숨을 내쉬었다. 후끈한 입김이 콧등에 와 닿는다. '아무리 힘들어도 올라가고 말겠다.'하고 마음을 굳히니 고통은 물러가고 발걸음에 힘이 솟는다.

인생은 고해라 해도 무모한 고행은 하지 않을 것이며 무언가 보람이 있기 때문에 어려움을 참고 견디는 줄 알면서도 조급한 마음에 내려오는 길손에게 '연화봉이 아직도 멀었는가?'하고 묻고 또 물었더니 하나같이 반 시간은 더 가란다. 두 손으로 무릎 힘 도와가며 오르고 또 오른다.

가파른 산마루를 쳐다보니 아니나 다를까! 은연한 안갯속에 활짝 핀 철쭉꽃이 나를 반겨 환히 웃고 있다. 내 앞을 가로막은 가파른 언덕길을 헐레벌떡 뛰어오르니 아름다운 철쭉 속에 묻힌 신선들이 즐기고 있다.

나 역시 그들과 함께 신선이 되어 꽃마차를 타고 하늘로 붕 뜨는 기분이다. 즐겁기 그지없다. 신선이 되어 희희낙락하니 이보다 더한 즐거움을 어디서 찾을 건가.

흐뭇한 마음으로 하늘을 둥실둥실 떠오르자 자욱한 안개를 뚫고 해님이 얼굴을 빠끔히 내민다. 짙은 안개는 감쪽같이 사그라지고 바라보는 광활한 대지에는 송림이 울창하고, 자연과 조화를 이룬 인간의 보금자리들이 듬성듬성 수繡 놓아져 있다.

자연에 따른 생활을 하는 사람을 현자賢者라 하지 않았던 가! 자연과 더불어 자연의 은덕으로 인생을 향유하고, 자연 으로 돌아가야 하는 것이 인생이 아니던가.

자연의 신비로운 조화와 철쭉꽃의 아름다움에 심취心醉되 어 있다니, 앞서 간 일행이 소백산의 최고봉인 비로봉 중턱 에서 고운 목소리로 야호 야호 부른다. 산자수명山紫水明의 감 흥을 지닌 채 비로봉의 절경에 기대를 부풀이며 경쾌한 마음 으로 부르는 일행의 뒤를 쫓는다.

낚시의 진수眞髓

🔖

마음이 울적하고 피로가 겹칠 때면 낚시를 하러 간다. 안동댐엔 물고기가 흔해 물고기 반에 물 반이라 하나같이 말하지만 물고기를 낚긴 쉽지 않다. 어딜 가면 잡으려나 운수에 맡기고도 막상 가 보면 포인트를 찾게 된다. 낚시의 진수에 들 참인데 외지 사람 모여들어 릴낚시 강 덮으니 앉을 자리 찾아내기 쉽지가 않다.

조용한 곳에 혼자 앉아 낚시 진수 손맛 보랴. 이리저리 헤매이며 될 만한 곳 찾아다녀 고기들이 놀만한 곳 수심 따라 다르려니 수심부터 재어본다. 낚싯대 두 세대를 찌를 맞춰 펼쳐놓고 고기 물길 기다린다.

운이 좋아 금방 물때는 요행이지만 한두 시간은 기다려야 물고기가 입질한다. 입질 오길 기다리는 지루한 시간은 세월을 낚는 건가 고기를 낚는 건가. 온갖 사념 씻어내고 마음은 맑아지고 참고 견디는 끈기가 길러지고 잡으려고 찌를 보는 애성이 생겨난다.

대어 낚고 못 낚는 건 운수도 따르지만 찌에 정신을 쏟는 것이 고기 낚는 비결이다. 고기 잡잔 일념으로 세상만사 잊고 보면 태공이 따로 있나 바로 내가 태공이다. 잔잔한 호수 위에 꼼짝 달싹 않는 찌를 정신없이 보다 보면 고기들이 먹이 만나 입질을 하게 된다. 그 입질 보고서도 고기 종류 알아내니 태공이 아니런가.

외국 어종 입식하여 생태계 급변하니 고기 낚기 쉽지 않다. 고기가 입질할 땐 붕어, 잉어는 찌가 푹 솟거나 푹 빠지고, 향어는 입질할 때 슬금슬금 물속으로 빠져든다.

무는 찰나 포착하여 낚싯대를 채치우면 물린 감각이 손에 닿아 크기를 선뜻 알고 낚싯대를 치켜들 때 낚싯줄을 타고 흐른 형용할 수 없는 전율이 전신에 찡하게 와 닿는다. 그 손맛에 낚시하니 그 쾌감 그 전율이 어떠한지 이루 말할 수 없다.

붕어, 잉어 도망치려 좌우로 쐐앵쐐앵 거리고 향어란 놈 도망치려 물속 깊이 파고든다. 대어 한 수 낚을 때면 월척이다 고함소리 나도 모르게 흘러나온다. 고기 먹으려 낚시하나 그 손맛에 낚시하지. 월척을 낚을 때는 등 넘고 재 넘어도 힘 드는 줄 몰랐는데 빈 바구니 들고 올 땐 왜 그리 무겁던가.

　우리네 인생살이 어딜 가나 배움터다. 낚시를 하다가 보면 참고 기다리는 끈기가 생기고, 잡아야겠다는 의지가 길러지고, 평온한 마음의 심성이 도야되며 자신을 돌아보는 성찰의 계기가 되고 호연지기 일깨우니 휴양의 보고寶庫려니 찡하게 와 닿는 손맛에만 그치지 않는다.

내 마음속 경주고도古都

춘삼월 호시절이라 어디론가 훌쩍 떠나가고픈 들뜬 마음인데 살림 밑천이라 부르는 맏딸 내외가 어린 손녀를 데리고, 부르는 듯 찾아와서 봄나들이를 가자고 한다. 얼마나 반가운 일인가.

선뜻 따라나섰더니 청송으로 가서 약수를 마시고 강구江口에서 대게를 먹은 뒤, 백암온천에서 목욕을 하고 나니 저녁때가 되었다. 온천에서 푹 쉬고 경주로 가자고 하는 것을 아들과 함께 자고 싶은 마음으로 경주에서 자자고 하였더니 그게 좋겠다고 응해준다.

밤길 운전이라 은근히 걱정인데 맏사위는 서슴없이 쉬지 않고 달린다. 여섯 시 반에 출발하여 2시간 만에 경주에 도착하였다. 아들을 객지에 보내고도 찾아본 적이 없다 보니 여러모로 걱정스럽기만 하다.

아내의 뒤를 따라 아들의 하숙집 주인을 찾아들어 자식을 돌봐준 감사의 인사를 하고, 공부방을 둘러보고 나서야 우려했던 마음이 놓인다. 저녁식사 때가 늦었다. 시장이 반찬이라 어찌나 많이 먹었는지 피로와 식곤증이 겹쳐 여관에 들어가자마자 졸음이 찾아온다. 단잠을 곤히 자고 있는데 어린 손녀가 단잠을 깨운다.

이른 아침에 사위가 모는 차를 타고 천마총을 찾아갔다. 돌로 쌓은 출입구로 무덤 안에 들어가니 좌우에는 유품들이 진열되어있고 맞은편 벽에는 망인의 사진이 걸렸는데 시신이 묻힌 자리에는 목제와 철책으로 가리어져 있다. 유해 모습이 궁금했지만 시신을 편히 쉬게 두지 않고 왕의 넋을 괴롭히는듯하여 마음이 석연하지 않았다.

천마총을 벗어나서 박물관을 찾아가니 봉덕사는 간데없고 에밀레종의 어린아이 울음소리도 들을 길이 묘연한데, 유적이 아닌 웅장한 신축 건물의 현란한 진열장에 만고에 길이 빛날 우리의 유물이 초라하게 보였다.

보문단지를 찾아가 보았지만 볼거리는 하나 없고 삐죽 솟은 호텔들의 간판만 현란한데 맑고 푸른 호수에는 유람선 한

척이 외로이 졸고 늘어선 가게들은 호객하기 바쁘다.

석굴암으로 가던 고갯길은 흔적 없이 사라졌고 아스팔트 깔려있는 드넓은 광장에는 차들이 수두룩하다. 입장권을 사 들고 오솔길을 걷는데도 시멘트로 포장되어 걷기가 불편한 데 그나마 다행이도 가장자리에 있는 흙길 따라갈 수 있었다.

행여나 옛날에 다녔던 '내 발자국을 밟아 볼까.'하고 땅만 보고 걷다 보니 난데없는 유리온실이 앞을 막아섰다. 석굴암을 복원한다는 말을 듣기는 했지만 천만뜻밖이다.

동해를 내다보며 국가안위를 보살피던 우리 국보 좌상불상이 무슨 죄를 지었는지 갇힌 신세가 되어 있다. 창틈으로 들여다본 자랑스러운 우리 국보는 옛 모습의 은근한 미소는 간데없고 시름에 잠긴 듯하다. 수목들을 내려다보니 울창했던 송림은 쓰러져 흉물이 되어 있는 데도 수수방관하고 있어 안타깝기 그지없고, 오가는 길섶에는 항아리가 즐비하게 놓여있다.

불국사를 찾아드니 이 또한 웬일인가! 내가 다니던 청운교, 백운교는 쇠사슬로 막히었고 난데없는 건물들이 대웅전을 에워쌌다. 새로 생긴 길을 따라 경내를 들어서니 다보탑과 석가탑은 새로 지은 건물들에 가리어 영지에서 기다리는 아사녀와 아사달이 마주 보지 못하는데 저승에서나마 만나 보고 있을까?

그나마 대웅전은 의젓하게 제자리를 버티고 있어 다행이었다. 복원했다, 중수했다, 자랑이 태산이다. 그러나 수차에 걸친 내 마음에 새겨진 유적들에 대한 미련이 남아 찾아왔는데도 옛 정취는 간 데가 없어 서운하기 그지없는데, 새로이 복원된 안압지의 물 위에 뜬 궁궐 같은 경이로운 풍광이 서글픈 마음을 누그러뜨려 준다.

벚꽃이 만발한 경주 시내를 둘러보니 세계적인 문화유적으로 승화하여 신라 천 년의 경주고도가 만고에 빛나기를 기원할 따름이다.

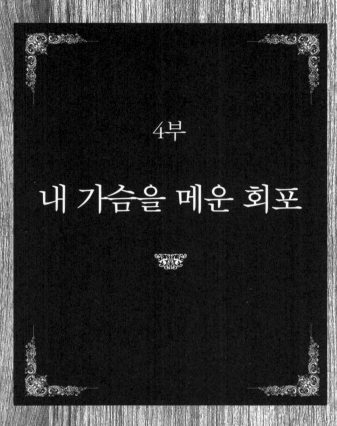

4부

내 가슴을 메운 회포

세상구경

병상 수기

정 때문에 운다

동남아 관광여행

산비둘기의 교시教示

태백산 정기 받아

못 버리는 부모 마음

내 가슴을 메운 회포懷抱

금강산을 찾아가자

세상구경

농사일로 몸 둘 바 모르던 몸이 볼 일이 생겨 시내의 길거리에 나갔더니, 대폿집으로 끌고 갈 반가운 친구는 보이지 않고, 옷을 걸친 마네킹이 길거리에 서 있었다. 커다란 창문에 비친 싱싱한 여인의 벌거벗은 사진은 길거리에서 처음 보는 얄궂은 구경거리다.

그뿐만 아니라 배꼽이 들쳐진 옷을 입은 여인, 치마 길이가 짧아져 속옷이 보이는 여인, 가슴팍을 들어내는 여인, 보기만 해도 더 들쳐질까 가슴이 조마조마하고 아슬아슬하기도 하다. 더욱이 머리를 지지고 볶아 여자처럼 보이게 하는 사내는 지관이 가관이다.

유수처럼 흐르는 세월이 이렇게 빨리 달라질 줄이야 꿈엔들 생각했을까. 말과 글로 소식을 전하던 세월이 엊그제 같은데 귀로 들으면 되는 세상이 되더니, 눈으로 보기만 하면 되는 세상으로 된 것은 더욱 놀라운 일이다.

몰골이 야릇하고 희괴한 옷을 입은 사람을 볼 때마다, 타이르고 야단을 쳐야 마땅하나 수수방관해야 한다는 풍조는 야속하기만 하다. 정말 구경만 하고 있어도 좋다는 말인가?

공자가 말하기를 남자를 일찍이 가르치지 아니하면 자라서 반드시 불량하고 어리석어지고, 여자도 일찍이 가르치지 않으면 자라서 반드시 거칠고 솜씨가 없다고 하였으며, 엄부嚴父는 불효자不孝子하고 엄모嚴貌는 출효녀出孝女니라 하였다. 이 말이 무슨 말인지 잘 새겨보아야 할 일이다.

'보기 좋은 떡이 먹기 좋다. 같은 값에 다홍치마다.'라고 하는 말은, 보이지 않는 속보다 보이는 겉이 앞선다고 전해오는 속담이다. 하지만 사람의 마음은 겪어봐야 알고 옷도 입어봐야 알고, 음식은 먹어봐야 맛을 안다는 말이 가슴에 먼저 와 닿던 시절이 아쉽기도 하다.

예절의 기본에는 춥다고 옷을 껴입지 말고, 덥다고 치마를 걷지 말라, 옷은 단정해야 하고, 음성은 고요하게 해야 하고, 숨 쉬는 모습은 엄숙하게 하고, 머리는 곧게 하고, 서 있는 모습은 덕이 있게 하고, 얼굴은 씩씩하게 보여야 된다고 하였다. 그리고 우리 몸은 부모에게서 물려받은 것이니 감히 못 쓰게 만들거나 상하게 하지 않는 것이 효도의 시작이라고 하였다.

이 말은 반세기 전만 해도 금과옥조로 여긴 절실했던 말이며, 이를 이행하지 않을 때는 할아버지의 대꼬바리에 머리를 맞거나, 회초리로 혼이 나도록 종아리를 맞아야 마땅하다고 여겼다. 하나 오늘날에는 어떤 계율이 있는지 자세히 알 수는 없으나 숱한 법으로 미주알고주알 하면서도 용모나 의상엔 개의치 않는 것은 더욱 좋은 구경거리가 되는 것으로 볼 수밖에 없다.

하지만 여자에게는 네 가지 자랑스러운 것이 있으니 첫째는 덕성이요, 둘째는 모양이고, 셋째는 말씨요, 넷째는 솜씨다. 자기의 몸가짐이 바르면 시키지 않아도 일이 잘 행해지고, 몸가짐이 바르지 못하면 시켜도 잘 따르지 않기 마련이다.

그런데도 길거리뿐만 아니라 방안에서도 항시 방영되는 텔레비전마저 벌거벗은 모습뿐 아니라, 가족들이 함께 보기 민망한 희괴한 방송들이, 수시로 방영되는 것은 무슨 영문인지 알 수가 없다. 얼굴과 몸매뿐 아니라 그보다 더한 야릇한 일들이 방영되니 기가 막힐 노릇이다. 그럼에도 불구하고 보고만 있는 것은 미덕이 아니다. 이러한 구경거리는 제재해야 마땅할 것이다.

잘못을 알고 고치지 않는 것이 바로 잘못이다. 얼굴은 사람이 타고난 거울이다. 생긴 대로 가꾸어야 함은 불문가지이다. 그런데도 연예인뿐만 아니라 모든 사람들의 출세에 영향을 끼치게 되어 타고난 얼굴을 많은 돈을 주고서도 고치지 않을 수 없는 세속이 야속하기만 하다. 더욱이 이것은 낳아 주신 부모님의 은덕을 배신하는 행위임을 유념하여야 할 일이다.

젊은이는 젊은 대로 늙은이는 늙은 대로 잘 보이려 함은 모두가 바라는 일이긴 하다. 하지만 타고난 대로 살아야 하는 것이 하늘의 뜻이다. 하늘에 죄를 지으면 빌 곳이 없는 것이다. 그럼에도 얼굴을 바꾸고 주름을 없애고 가슴을 부풀리는 수술이 엄연히 자행되고 얄궂은 옷을 걸치고 있음에도, 아무런 제재가 없으니 벙어리 냉가슴 앓듯 보고만 있을 수밖에 없는 것이 오늘날의 실상이다. 이 일을 보기만 하여도 좋단 말인가?

태어난 용모는 고치지 않고 잘 가꾸고, 품위가 있는 옷으로 단장하는 것이 옳은 일이다. 굳이 그것도 아니라면 물 위에 동동 뜨는 오리 새끼 마냥, 얼굴과 몸매를 고치지 않아도 되는 똑같은 인간이 복제되는 날이 멀지않을 터이니 기다려 보는 것이 옳지 않을까….

병상 수기
―위암선고 받고나서

청천벽력 같은 위암 판정 웬 말인가! 혹한이 물러간 농번기를 맞아 서둘러 일을 하다 보니 속이 미식 거려 의료원에 가서 위내시경을 의뢰했다. 위내시경을 받다 보니 무엇인가를 떼어내는 느낌이 든다.

내시를 마친 의사는 조그만 병 하나를 내 손에 쥐여주며 검사를 의뢰해 보는 게 좋겠다고 하더니, 두꺼운 책을 펼쳐 천연색 위 사진을 보여주며 내 환부와 흡사하다고 일러준다.

과장이 태연하게 대하는지라 나도 별것 아니려니 하고, 손에든 작은 병을 버릴까 하다가도 행여나 알 수는 없는 일이라 검사실로 올라가서 검사를 의뢰했다. 일주일 후면 결과가 나온다며 그때 연락해 주겠단다. 검사 결과가 어떠할지 미심쩍긴 하지만 하던 일을 검사 결과가 나오기 전에 서둘러야

하는 형편이다.

남은 전지를 마쳐야 하고, 거름 내어 밭을 갈아야 하고, 죽은 나무 자리에 보식을 마치려고 일에만 몰두하는데. 아내가 밭으로 올라와서 검사실장이 나를 보자는 전갈이다. 만나보지 않더라도 검사결과가 심상치 않음이 틀림없다는 생각이 난다. 하던 일을 미루어두고 병원을 찾아가서 권 실장을 만났더니 '조기 위암'이라 크게 우려할 일은 아니나 조속히 수술을 받는 것이 좋겠다고 알려준다.

위암이란 선고가 섬뜩하긴 하였지만 설마 내게 악운이 닥쳤을까 하고, 마음을 가다듬으며 어딜 가서 수술받나 고심했더니 권 실장이 경대병원에 가보라며 소개장을 써주었다.

의료원의 의례서와 소개장을 받아들고 경대병원을 찾아가서 소개장을 보였더니 환자가 많이 밀리어 입원이 쉽지 않다며 일반외과를 찾아가 상의하여보라 한다. 일반외과를 갔더니 접수 보는 의사가 연락이 갈 때까지 집에서 기다리란다.

무작정 기다릴 수가 없어서 집으로 오자마자 줄을 대어볼 만한 친지들께 연락했다. 조기수술을 받도록 지원을 요청하고 나니 내일 죽는 한이 있더라도 한 그루의 사과나무를 심으라는 말이 선뜻 떠오른다.

풍전등화 같은 위암 선고를 받은 몸이 사과나무를 심는다는 것은 과연 가능할까마는 죽는 한이 있더라도 할 일을 남겨둘 순 없는 것이 나의 소신이다. 아내를 데리고 용상동 묘포장을 찾아가 묘목을 골랐다.

묘목을 차에 싣고 밭으로 가서 죽은 나무 자리에 새로 사온 묘목으로 대체하고, 아내와 더불어서 유황합제로 나무 소독까지 마쳤으니 입원을 하더라도 급박한 일이 없도록 할 일을 앞당겼다. (1992년 3월 30일)

서울대학병원과 경북대학병원에서 입원하란 연락이 동시에 전해왔다. 가까운 경대병원에 입원하는 것이 다니기에 유리할 것 같았다. 경대병원 외과 과장을 찾아가서 의뢰서를 보여주며 재검을 받아보는 게 어떠냐고 물었더니 재검할 필요는 없고 조속히 입원 수속을 하란다.

세상을 살다 보니 돈 좋고 권세 좋은 줄은 진작 알았지만 빽이란 게 이렇게 좋은 줄은 처음 맛보는 명약이다. 입원 수속을 하자마자 없다던 병실이 정해지고, 각종 검사를 서두르더니 입원한 지 한 주 만에 모든 검사가 끝나고 수술 날짜까지 정해졌다.

때마침 휴가 때라 아이들이 빠짐없이 모여와 경주 벚꽃놀이가 어떠냐며 나더러 묻는다. 나를 위로하러 가잔 건데, 쾌히 승낙하고 외출 허가를 받아 경주 시내를 둘러보니 지난날의 감회가 새로우나 수술이 걱정이라 마음은 울적하였다.

벚꽃을 찾아다니다 보니 으슥한 모퉁이에 벚꽃이 만발한데 우리만의 볼거리다. 자식들은 꽃이 고와 희희낙락하는데 꽃이 아무리 곱다 한들 자식에 비할 건가. 귀한 내 자식이 평생 꽃이 아니런가.

내가 입원한 줄 어떻게 알았는지 일가친척들이 찾아오고 벗님네도 줄을 잇는다.

나의 지병이 얼마나 위독한지는 알 수가 없다. 하지만 살아생전의 빚을 갚으려 마음먹고 마련해온 안동소주를 폐 끼칠 이들에게 두루두루 나누어주었다. 생사기로를 안전에 둔 촉박한 인생이라 남겨둘 말 끝이 없고, 못다 한 일 걱정되고, 하던 일 어찌 될까 온갖 신음으로 마음이 착잡하다.

(1992년 4월 5일)

마른나무 꺾듯이 술 끊고 담배 끊어 수술 대비를 해야 하고, 소중한 내 목숨을 의사에게 맡긴데도 수술이 잘못되더라도 말썽을 부리지 않겠다는 서약서를 아들에게 쓰게 한다.

이제는 줄 것도 받을 것도 없는 청정한 몸이다. 하지만 생사기로를 닥치고 보니 심란하기 그지없어 창밖을 내다보니 가로등과 네온사인은 소등이 되고 저 멀리 보이는 아파트에는 무슨 행복을 누리는지 문틈을 새는 불빛이 은연하다. (경북대학병원 7층 D763호에서)

창밖에는 구슬비가 하염없이 내리는데 어제 꽂은 링거 병은 나도 몰래 바뀌었고 관장灌腸을 두 번이나 하였고, 끈끈한 물약마저 단숨에 마셨는데, 아침에 한다는 수술은 한낮으로 미루어졌다. 찾아온 친지마다 측은한 눈총이다. 그 눈길을 못 본 척하고 이동 침대에 옮기어 끌려가니 "외인출입금지"라 씌어 있는 철문 앞에 멈춘다.

나를 따르는 가족들을 돌아보니 꺼지는 촛불처럼 내 눈앞에 깜빡인다. 백의의 천사에 끌려 철문 안에 들어가니 하늘엔 샛별들이 수없이 반짝이고, 방 안은 어쩐 일로 사람 하나 보이지 않고 허깨비 소리 같은 은은한 말소리가 들릴락 말락 하고, 누군가가 내 몸을 뒤척이는 듯하더니만 내 정신을 잃고 만다. 꿈인가 생시인가. 이승인가 저승인가, 암흑도 광명도 아무것도 없다. 이것이 죽음인가!

세월이 흘렀는지 시간이 흘렀는지 알 길이 없다마는 침상에 끌리어서 철문 밖에 나오니 비몽사몽 한데 사랑하는 가족들과 친지들이 아련하다. 나를 싣고 온 간호사는 병실로 되돌려 눕힌다. 정신이 어렴풋이 되살아나니 주치의사가 당부한 말이 선뜻 떠오른다.

의식을 찾는 즉시 가래를 뱉어내고, 운동을 하라고 하였다. 목숨은 구했으나 살아남는 것은 내가 할 몫이다. 수술한 배가 궁금하여 옷을 헤치고 들여다보니 가슴팍서 배꼽까지 가제로 덮은 데다 행여나 떨어질까 반창고로 단단히 붙여 놨다. 어떤 고통이 닥친다 해도 살아야 한다는 삶의 애착이 솟구쳐 오른다.

아랫배에 힘을 주어 가래를 뱉자니 수술한 배는 찢어지듯 아픈데 링거병을 줄줄이 달고, 노폐물을 받아내는 주머니도 차고, 병원 복도를 돌자니 내딛는 발길마다 아야, 아야! 신음소리가 저절로 나오고, 온몸은 조여들고 얼굴은 찌푸려진다. 당해 보지 않고는 이 고통은 모를 거다. (1992년 4월 9일 비)

갖은 고통 참아 내며 복도 벽에 붙어 있는 표어 '재물을 잃는 것은 조금 잃는 것이요, 명예를 잃는 것은 많이 잃은 것이며, 건강을 잃는 것은 모두를 잃는 것이다.'의 표어에 힘을 얻어 100M가 넘는 복도를 한 번에, 한 바퀴씩 늘이니 하루에

서른 바퀴나 도는 데다 7층 계단을 일곱 번을 왕복하게 되었다.

내 건강이 이만하면 퇴원해도 되려나 주저주저하는 차에 회진하는 주치의가 아무 걱정하지 말라고 하더니, 팔에 꽂힌 주삿바늘을 간호사에 빼게 하고, 내일 퇴원을 하라고 한다. 상의도 하지 않고, 걱정 마라 하니 미심쩍은 일이다.

내 지병은 어찌 되며 얼마나 더 살 것인지 궁금하기 그지없다. 수술을 담당하신 유 교수님을 찾아가서 내가 품은 의문들을 물었더니 "수술이 잘 되었고, 몸에 남은 종양도 없어 명命대로 살 것이다." 한다. 그리고 위 사진을 보여주며 하단 $\frac{2}{3}$를 잘라내었다고 하시더니 수술 환자 주의사항이라 적힌 종이 한 장을 주시며 흐뭇해 하셨다. 고맙다고 인사하고 재생의 환희에 젖어 덤으로 살아갈 앞날이 밝기를 기원하며 광명천지를 내딛는다.

(1992년 4월 19일 맑음)

정 때문에 운다

딸을 셋이나 바르게 키우기란 쉽지 않다고 한
다. 막상 딸 셋을 키우자니 엄부출효자嚴父出孝子하고, 엄모출
효녀嚴母出孝女라 하여 자녀를 엄하게 다스릴 수밖에 없다.

딸 셋을 20년이 훌쩍 넘도록 엄격히 닦달한 끝에 무사히
대학교를 졸업시키고 아무 탈 없이 곱게 키워 결혼을 시켰
다. 그런데 출가외인이라 후련하리라 믿었는데 남남이 되는
것이 아니라 혹을 달고 꽃밭에 벌 나들이 하듯이 친정을 오
지 못해 안달이다.

오가는 정이 쌓이자니 사위자식도 자식이다. 딸 사랑은 시
애비요, 사위 사랑은 장모라 한다. 부모의 정이 깊어서인지
자식들의 효성이 극진해서인지, 휴일이나 명절이면 자식들
을 은연중 기다리게 된다.

남녘의 벚꽃 소식이 전해오는 화사한 봄날이다. 그 누구라도 집에 오겠지 하고 기다리는데 전화벨이 울린다. 수화기를 들어보니 남매들이 진해 벚꽃축제에 가기로 약속되었다며 저의 집(경남 사천)으로 속히 오라는 맏딸의 전갈이다. 너무나 반가운 소식이라 곧 가겠다는 대답을 하고 말았다.

　새로 사둔 흰색 양복으로 정장을 하여 매무새를 다듬고 대구에 도착했다. 딸네 집인 사천행 버스를 기다리자니 지루하여 정류장 부근의 대폿집을 찾아들었다. 왕대포 한 사발을 쭈욱 들이키니 오장육보가 녹아내리듯 속이 시원하기 그지없었다.

　그 기분으로 사천행 버스를 타자마자 차는 드르릉 소리를 내며 출발을 한다. 그런데 야단이 났다. 오줌이 마려워 어찌할 바를 몰랐다. '이거 참 큰일 났구나!'

　아랫배를 움켜쥐고 참고 참았으나 도저히 참을 수 없는 지경에 이르렀다. 보다 못한 아내가 기사에게 사정을 해봐도 막무가내莫無可奈라 검은 비닐봉지 하나를 얻어왔다.

　그 바람에 차안 가득한 승객들의 눈총을 받게 되고 말았다. 그러나 생리적인 현상이라 어쩔 수 없는 일이 아닌가. 남몰래 도둑질이나 하듯이 비닐봉지를 해치고 오줌을 누었다.

속이 시원하고 아팠던 아랫배는 감쪽같이 나았다. 그러나 정장은 한 매무새는 구겨지고 망신을 당하고 말았다.

사천 정류장에 도착하자 맏딸이 마중 나와 기다리고 있었다. 딸네 집에 당도하니 이미 반주를 겸한 저녁식사가 차려져 있었다. 밥상머리에 앉기가 바쁘게 아내는 차에서 오줌 싼 얘기로 폭소를 터트린다. 술이란 더없이 좋은 인생의 조미료調味料다. 술 탓으로 인한 잘못은 용납되니 술꾼들의 특전特典이 아니겠나.

단잠을 곤히 자고 일어나 사천 비행장 구경을 갔다. 일반인의 통제구역이나 군인가족에는 관람이 허용되는 모양이다. 하늘을 지키는 빨간 마후라들의 충절을 기리며 딸에게 각고刻苦의 내조內助를 당부했다.

맏사위의 퇴근을 기다려 약속한 마산의 여관을 찾아갔다. 해 질 무렵이 되니 딸네는 왔지만 하나뿐인 아들이 보이지 않는다. 어쩐 일이냐고 걱정스레 물었더니 내일 아침 일찍 오기로 약속이 되었단다. 아들이 무사히 오기를 바라는 마음에 단잠을 설칠 수밖에 없다.

그런데 아들이 왔다는 말에 눈이 번쩍 뜨인다. 오나가나 자식이 애물이란 말이 실감이 난다. 진해로 가야 하는데 열

사람이 한 차에 탈 수는 없지 않은가. 맏사위의 승용차에 다섯이 타고, 나머지는 버스를 타고 가기로 하고 헤어졌다. 딸 셋 덕분에 팔도강산 유람이다. 모두가 유쾌한 기분으로 진해를 향해 떠났는데, 마산 시내를 벗어나기 바쁘게 한길을 메운 차들로 요지부동이 되었다.

세월없이 느릿느릿 차들이 움직이니 둘째 네는 내일 출근이 걱정이라며 기다리다 못해 대전으로 돌아가고 말았다. 헤어진 자식들을 만나기 위해서는 앞차의 뒤를 따를 수밖에 없다. 요즈음처럼 핸드폰이 있었다면 얼마나 좋았을까!

지척지간인 진해를 아침 7시에 출발하여 해 질 무렵이 되어서야 진해 터널을 지나게 되었다. 꽃은 만발하고 관객들은 인산인해이나 헤어진 자식들 걱정이 태산이다. 사람들 틈을 헤치고 헤어진 자식들을 찾아 진해 시내를 헤매고 다닐 때, 우리를 기다리던 자식들이 달려와서 부둥켜안고 대성통곡을 한다.

이산가족이 될 뻔한 상봉이니 눈물이 나올 만도 하다. 그것도 잠시뿐이고, 자식들은 조명으로 휘황찬란한 벚꽃 터널을 보고 즐기고, 나는 자식들이 즐기는 모습을 보고 즐긴다. 기념사진을 찍고 길가에 펼쳐놓은 먹거리들로 허기진 배를 채우고 '좋은 추억거리다.' 하고 웃음보를 터뜨린다. 기뻐도 울고 슬퍼도 울어야 하는 것은 깊숙이 다져진 정情 때문이 아니던가.

동남아 관광여행

해외여행 가려고 모아둔 돈 갖고서도 사정이 여의찮아 이래저래 미뤘는데 수술을 하고 나니 앞날이 암담하여 여행 가자 졸라대어 동남아로 가게 되었다. 버스를 타고 예천으로 가서 비행기로 갈아타고 김포공항에 도착하여 싱가포르행 비행기에 올라보니 좌석 칠백 석에 저마다 갖은 짐이 엄청나게 많은데도, 거대한 비행기는 아무런 잡음 없이 하늘 향해 사뿐히 치솟는다.

이렇게 큰 비행기는 보기마저 처음이라 뜨고, 가고, 내릴 적의 움직임을 관찰하려 창밖을 내다봤다. 날아오른 비행기는 바퀴를 거두고 겹겹이 쌓여 있는 구름을 뚫고 간다. 우리가 떠난 김포공항은 가물가물하더니만 눈앞에 사라졌다.

구름 아래 구름이요 구름 위에 구름이라 천국이 어디고

지옥이 어디던가. 비행기는 소리 없이 고도를 높이다가 낮추다가 빨랐다가 늦추며 유유히 날아가는데도 유동이 없어 우려했던 멀미는 나지 않았다.

가져다주는 간식과 식사들을 주는 대로 먹다가 보니 비행기는 고도를 낮추더니 조그맣게 보이던 육지가 점점 커지게 보이더니 접은 다리를 펴고 싱가포르 활주로를 사뿐히 내려앉았다.

가이드가 안내하는 호텔을 찾아들어 남녀를 분리하여 한 방에 세 사람씩 배정받은 방에 드니 호텔이라 하는 방이 남루하기 그지없다. 이국땅을 찾아와서 옥신각신할 수는 없는 일이 아닌가. 인솔자가 하잔 대로 따르며 하룻밤을 지내고, 인도네시아 민속촌을 가게 되었다. 출렁이는 배를 타고 바다를 건너는데 출입국이 수월하다.

열대림이 우거진 밀림 속에 다다르니 원주민들이 나와 그들이 사는 모습을 하나하나 보여준다. 높다란 나무 위를 다람쥐 오르듯 쉽사리 올라서 야자수 열매를 따갖고 내려와서 먹는 풍습을 보여주고, 남루한 옷차림에 맨발로 뛰고 놀며 노래하는 민속춤도 보여준다. 그 신명은 어딜 간들 다른 바 없는지라 우리 일행도 함께 어울리어 그들의 노래하는 장단 맞춰 신나게 춤을 추니 주객이 전도된다.

　신명풀이 실컷 하고 그들의 가정들을 샅샅이 살펴었다. 나뭇가지 묶어 세워 풀잎으로 덮은 움막인데 남녀노소를 가리지 않고 단칸방에 온 가족이 함께 거처 한다고 하니 오늘날의 세상에선 보기 드문 양상이다. 그렇게 사는 미개인도 낭만을 지닌 모양이다.

　원주민의 생활상을 구경하고 난 후 간 곳은 바닷물이 출렁이는 물 위에 뜬 통나무집에 볼거리 없는 식당이다. 점심을 먹고, 그곳의 악사들과 어우러져 장단 맞춰 춤을 추고 노래하며 신명풀이를 실컷 하니 구경하러 왔는지 신명풀이하려 왔는지 가늠하기 어려웠다.

　숙소로 돌아와 하룻밤을 묵은 뒤에 말레이시아로 떠났다. 말레이시아로 가는 버스는 아무런 검문 없이 가이드가 보여준 명단만으로 통과되었다. 자전거를 탄 말레이시아의 수많은 젊은이들이 아무런 제약도 없이 싱가포르를 이웃처럼 마음대로 드나드는데 우리의 현실을 생각하니 부럽기만 하다.

　왕궁을 찾아가니 출입이 금지되어 바라다볼 수밖에 없었는데 아직도 위세가 막강하다고 한다. 두 나라를 살펴보았으나 찾아온 기대와는 너무나 어긋나서 얻은 것보다는 잃은 것이 많아 신명풀이로 대신할 수밖에 없었다.

다음의 관광지는 기대가 부푼 우리가 묵고 있는 싱가포르다. 가이드의 말에 의하면 싱가포르의 세 가지 자랑거리는 정치가 바르고, 물이 맑고, 거리가 깨끗하단 것이란다.

공무원은 어릴 적부터 공복 할 수 있는 심신이 도야된 자만을 등용하기 때문에 비리란 아예 있을 수도 없고, 법률이 엄한 데다 누구를 막론하고 가차 없이 처벌되니 부정이란 엄두도 못 내고, 마약에 관한 벌은 극형에 처하는지라 마약 없는 천국이란다. 우리나라의 현실과는 너무나 판이하여 본받아야 할 일이 아닌가….

식물원, 새들의 천국, 새들의 쇼, 불꽃놀이 등의 볼거리는 자연의 모습 아닌 인위적인 볼거리라 관광수입을 올리고자 얼마나 고진분투 하였는지 짐작할 수 있겠다. 어찌 그뿐인가 말레이시아 국경을 넘어 싱가포르로 흐르는 강물을 빠짐없이 정화하여 유럽 각처에 수출을 한다고 한다.

황무지를 일구어서 볼거리를 장만하고, 흘러내리는 강물마저 유용하게 자원으로 이용하고, 엄격한 법 집행으로 나라의 질서를 확립하고, 이웃의 저렴한 노동력을 활용하여 생산성을 높이어 구김 없이 잘 산단다.

여행이란 보고 즐기며 희롱거리는데 그칠 것이 아니라 관광을 통하여 안목을 넓히고 인생을 향유하는 동시에 느끼고 깨우치는 관광이 되길 기원하며 귀국행 비행기에 올랐다.

천혜의 국토에다 조상이 남겨준 찬란한 문화유적들을 가진 우리나라를 관광 대국으로 승화시킬 수 있는 희망찬 환희에 가슴을 부풀리는데 나를 실은 비행기는 어느덧 내 조국 김포공항에 사뿐히 내려앉는다.

산비둘기의 교시敎示

인적 없는 산골에서 산새, 들새 벗을 삼아 기나긴 세월을 함께 지낸 그 새 그 노래가 야릇하게 들린다. 내가 잘못 들은 건가 망령이 든 것인가 들으면 들을수록 그 노래 그 가락이 골이 깊어지고 새기고 또 새겨도 한결같이 변함없다. 무슨 새가 그리우나 달려가 보고 싶지만 산속 깊이 숨어 야릇하게 우는 새가 나를 기다려 줄 리가 없다.

만나는 사람마다 그렇게 우는 새가 무슨 새인가 하고, 붙잡고 물어봐도 대답은 서로 달라 궁금함을 지닌 채 그 노래 그 가락을 가슴에 새겨두고 지냈었다. 한겨울이 지나고 따뜻한 봄이 되자 과수원의 바쁜 일들을 덜기 위해 일가인 아재를 데려와서 서둘러 일을 하는데 그 새가 또 울지 않나! "아

재 아재 저 새가 무슨 새인지 아느냐?"고 물었더니 산비둘기
라고 한다.

"그 새의 울음소린 어떻게 들리느냐?"라고 물었더니 구성
진 목소리로 한가락 부른다. 내가 새긴 '계집 죽고 자식 죽고
어이 살꼬 어이 살꼬'에 이어 "물가 전지 수해 당코 벤달 밭
을 부쳐 먹어 어이 살꼬 어이 살꼬…" 한가락 읊고 나선 겸
연쩍게 웃는다. 그 가락 그 울음이 얼마나 처량하고 구슬프
고 애절한가!

내가 아는 비둘기란 평화를 상징하는 보호조라 사람들에
게 사랑받고 행복하게 지내는 줄 알았는데, 산비둘기 울음소
리 그 노래가 웬 말인가! 전생에 지은 죄로 그렇게 우는 건
가? 이승에서 당한 일을 하소연하는 건가? 우리 인생 하나같
이 행복추구 할 지언데 내 앞날을 일러주랴 그렇게 우는 건
가 하루도 거르지 않고 그 소리를 듣고 사니 심란心亂하기 그
지없다.

잠자리에 누웠어도 잠은 쉬 들지 않고 그 새 그 노래가 귀
에 쟁쟁 울리고, 사사망념 솟구치고, 번뇌에 쌓이니 꽃피는
시절에 보았던 『금강경』이 불현듯 떠오른다.

사람들이 무엇 때문에 사는지 무엇을 하기 위하여 살고 있는지 그저 막연히 태어났으니 살 때까지 살아가는지 나는 모른다. 그러나 살고 있는 사람들이 잘 살려는 욕망은 인류의 공통된 염원인줄 안다.

그러면 어떻게 살면 잘사는 것인지 잘사는 법이 필요한 것은 당연지사다. 부귀영화를 누리면 잘 사는 것인지 입신양명 해야만 잘 사는 것인지 천하의 영웅과 만고의 호걸이 되어야 잘 사는 것인지…. 귀신이 곡할만한 문호가 되는 것도 아니고, 천상천하의 유아독존이 되는 것도 아니다.

잘사는 것이란 부족함이 없는 것이고, 써도 다하지 않은 것이요, 구할 것이 없는 것이요, 근심과 고통과 원망과 분함이 없는 것이요, 공포와 비애와 미움과 질투도 없는 것이요, 성쇠의 변함과 강제와 구속이 없고 해탈과 자유가 있는 것이요, 늙지 않고 병들지 않고 죽지 않는 것이 잘사는 것이요, 보다 위上 없는 것이요, 마음에 흡족한 것이 잘사는 것이다.

- 금강경의 요지要地

우리 인간은 누구나 태어날 때부터 자아의식自我意識이 발달하여 '아我'라는 강한 집념執念을 갖게 된다고 본다. 이 집념으로 '나'라는 아성我城이 세상에서 가장 무서운 병이라고 보는 것이다. 보다 위上 없는 것이란 더 바랄 것이 없다는 말이다. 금강경을 더듬다 보니 심란하기 그지없던 산비둘기의 울음소리는 결코 내 마음을 괴롭히는 것이 아니다. 오히려 내 마음을 바로잡는 교시다. 상병인 '나'라는 아성을 버리는 것이 잘 사는 길임을 깨우치고 나니 큰 원을 이룩한 달인이 된 듯하여 흐뭇하기 그지없다.

태백산 정기 받아

태백산맥은 토끼 모양을 지닌 한반도를 지 탱하는 등줄기이며 겨레의 정기를 담은 영산이다. 그 정기를 이어받아 살아가는 몸이라 꼭 가봐야겠다고 벼르던 참이다. 때마침 벗들 다섯 집 내외가 함께 가자는 전갈이 왔다. 흔쾌히 찬동하고 함께 등산하기로 약속하였다. 막상 떠나려 하니 종아리와 발등이 퉁퉁 부어올라 통증이 극심한 각기병에 신음할 때이다.

가겠다는 욕심이 앞서니 아픈 다리를 끌고서도 가야지 어찌하나. 다섯 집 내외가 승용차 세 대에 나누어 타고 등천이나 하는 듯이 부푼 마음으로 안동을 떠나 태백으로 갔다. 등산의 안내를 맡은 벗은 태백산 남쪽에 자리 잡은 주차장 반대편의 북쪽에서 산을 올라 남쪽의 계곡으로 하산을 하잔다.

직접 답사하지 않고도 컴퓨터 하나로 만사형통이니 얼마나 좋은 세월인가!

멈추는 차에서 내려 태백산의 정상을 쳐다보니 하늘을 찌르듯 가물가물하다. 가파른 등산로를 오르자니 통증이 극심하다. 나의 고통스러운 모습을 보여 일행의 들뜬 기분을 잡칠까 우려되어 아예 멀찍이 떨어져 뒤를 따랐다. 등줄기에 땀이 흘러내릴 무렵 친구 한 분은 도저히 자신이 없다며 뒤돌아선다. 나도 함께 돌아갈까 하다가도 불편한 몸이기는 하나 자존심이 용납지 않는다.

신록이 짙은 녹음을 뚫고 중턱쯤 오르다가 오른편에 보이는 '유일사'라는 사찰을 둘러보고 장군봉으로 이어지는 등산로를 따라 오르니 벌거벗은 나무들이 즐비하다. 녹음이 짙은 숲 속에 나신의 나무들은 기상천외가 아니던가! 가까이 다가가니 살아서 천 년, 죽어서 천 년을 산다는 죽은 주목들이 절묘한 모습을 자아내어 발걸음을 멈추게 한다.

신비롭기 그지없다. 신의 조화인가! 자연의 기교인가! 인간의 솜씨를 초월하는 형상들에 "야, 정말 좋다."하고 탄성이 우러난다. 산 중턱에서부터 보존 번호표를 붙인 진귀한 나무만도 수십 그루가 넘는다. 산이 좋아 산을 찾은 건지 벌거벗은 주목이 좋아선지 갈피를 못 잡겠다.

8미터쯤 떨어진 가파른 오르막길 위에 돌탑 하나가 우뚝 서 있다. '저기가 정상이다.'라고 생각하니 다리에 힘이 버쩍 솟는다. 헐레벌떡 올라본 석탑은 검은 이끼에 쌓여 있고, 그 안을 들어서니 검은 재단의 중앙에 '천제단'이라 새겨진 조그마한 비가 서 있다. 이 제단을 배경으로 기념사진을 찍었다.

사방을 둘러봐도 천제단의 내력과 장군봉이란 포식마저 없고 무슨 사연인지 공적판만 거창하다. 인자는 산을 좋아하고 정적이며, 장수한다는 말이 떠오른다. 나는 인자는 못되나 물보다는 산을 좋아한다. 바라다보는 광활한 대지는 산줄기에 포근히 안겨있다. 장엄한 산이 뿜어내는 정기를 마음껏 들이켰다.

아픈 다리를 참으며 정복한 태백산 장군봉을 흐뭇한 마음으로 사방을 둘러보니 안동사범安東師範 학창시절의 '응원가'가 우러난다. '태백산 정기 받은 영남봉 아래 우뚝 솟은 안사는 우리 배움터…' 일행이 더없이 절친한 동기동창이라 다 함께 부르니 우렁찬 목소리는 메아리가 되어 되돌아온다. '이겼다, 안동사범 용감한 선수…'

거센 바람이 몹시 불어 석탑을 바람막이로 삼아 양지쪽에 둘러앉아 점심을 먹었다. 집집마다 장만해온 반찬들은 산해진미라, 밥맛이 꿀맛이다. 배불리 먹고 나니 하산을 하잔다. 돌아가는 길은 오를 때와 반대쪽인 계곡이라 하였다. 오르막이 있으면 내리막이 있기 마련이다.

내리막길이라 하여 결코 쉬운 일이 아니라는 것은 벌써 체험한 일이다. 산사태를 타듯이 미끄러지며 가파른 내리막길을 내려오자니 아픈 다리는 더욱 독을 쓴다. 일행들은 노익장을 과시하듯이 성큼성큼 걷더니만 눈앞에서 사라졌다.

산비탈을 지나 계곡에 다다르니 흙은 빗물에 씻겨가고, 앙상하고 둥글뭉수레한 돌들만 남아 있다. 이 돌들을 징검다리로 삼고, 내려오자니 지팡이를 짚고서도 쩔쩔매야 한다. 정말 죽을 지경이다. 이 난관을 아무런 도움 없이 극복하자니 으슥한 골짜기에 난데없는 조정래가 쓴 대하소설 『태백산맥』이 떠오른다.

'현대사의 실종시대'라고 일컬을 만큼 해방 후 혼란기의 참상들이 내 눈앞에 어린다. 우거진 숲 속에서 아무도 모르는 나만의 고행이라 행여 불길한 일이 생길까 은근히 겁이 난다. 이 두려움으로 인해 엉금엉금 기어가야만 하는 고통을 잊게 되었다.

육신의 고통을 정신이 감당하는 육신동체肉身同體의 신비한 조화에 탄복할 따름이다. 엉금엉금 기어가며 사력을 다하다 보니 우거진 숲 사이로 주차장의 차들이 빤히 보인다. 안간힘을 다하여 계곡을 벗어났다. 휴우 안도의 한숨을 내쉬고 고행한 골짜기를 뒤돌아보니 혼쭐이 난 계곡은 우거진 숲에 묻혀 보이지 않는다.

주차장에 다다르니 모든 고통과 우려는 나를 기다리는 벗들의 환호하는 박수갈채로 씻은 듯 사라지고, 광활한 대지를 품에 안은 태백의 능선들과 기상천외의 주목들이 눈앞에 아롱거린다. 불편한 몸으로도 태백산의 정기를 듬뿍 받은 보람으로 '신념은 힘의 원천이며, 인생의 성패는 의지가 가늠한다.'는 진주보다 더 귀한 사실을 실감하고 나니 위대한 대인大人이 된 것 같아 흐뭇하기 그지없다.

못 버리는 부모 마음

병원에 입원하여 수술을 대비할 때 하나뿐인 아들이 예쁜 아가씨를 데리고 병문안을 하려고 왔다. 사람은 누구나 겪어봐야 알겠지만 언뜻 보았어도 나무랄 곳 없는 규수감이라 여겨진다. 혼사가 성립되길 은근히 바라며 퇴원을 하였다.

바라던 성혼은 서로가 이해하고 협조하여 혼례까지 치렀고 걱정이 태산이던 아들의 취직도 내 형편을 아는 친구의 덕분으로 저의 학교에 근무하게 되었다. 회갑 전에 필혼하고 아들의 직장마저 해결되어 흐뭇한 마음으로 내가 거처하던 아래층을 말끔히 수리하여 저희의 보금자리로 삼게 하고 우리 내외는 이 층에 거처하며 함께 살기로 하였다.

함께 지내게 한 까닭은 우리 집 가풍을 익히고 동기간에

정들이고, 일가친척들도 가까이하여 집안이 화평하도록 가르치기 위함이다. 행여나 잘못될까 우려했던 새 며느리는 두고두고 보아도 눈 선데 하나 없이 착하기만 하다. 자식 자랑하는 놈 팔푼이라 한다지만 팔 푼 아닌 구 푼 된들 어찌하나 겸양하고 알뜰하고 명석하여 흠 잡을 데 하나 없다.

산실 밖을 서성대는 보람 있게 손자 하나 낳아주니 얼마나 기특하냐? 수년을 함께 지내어도 고부간 뜻이 맞고 내외간 다투지 않고 손녀 하나 보태어서 아이들 잘 거두고 아내가 어질어 화가 적고 자식이 효도하여 애비의 마음이 너그러워지니 가화만사성이 아닌가.

손자가 귀엽기를 내 아들 비길 건가 자라나는 행동거지 나와 똑같은 데다 혈액형도 같으며 성질마저 닮아 내 손자가 틀림없다. 볼수록 귀엽고 애성 많고 영리하다. 세 살배기 젖먹이가 새벽잠 자지 않고 내가 사둔 「어린이 지능개발」 두툼한 책을 들고 2층 계단을 기어올라 거실문을 두들겨 "할아버지 공부하자."라고 한다.

하나를 가르쳐 열을 아니 그 두툼한 책 열 권을 당년에 익혔으니 이놈 장래 믿을만하구나 여기며 두고두고 보아 오는 터인데 어느덧 훌쩍 자라 초등학교 입학이 닥치었다. 시집살이도 이만하면 되었으리라 여기며 마련해둔 태성아파트로 이사를 보내었다.

살림을 보내고 나니 집안이 허전하고 늙은 내외가 집지킴이 되었다. 자식들이 보고파서 육순 기념사진을 눈앞에 걸어두고 시시때때 들여 보며 사는 것이 낙인데 딸 셋에 사위자식 셋이 불어나고, 아들 하나에 며느리 하나가 보태어지니 자식들이 여덟에다 손자들이 일곱에 우리 내외를 더하니 우리 식솔이 열일곱이나 된다. 자식이 울이니라 이 든든한 울 안에서 살아가니 행복하다 해야 할까?

일본으로 떠난 만딸네를 찾아가서 극진한 대접을 받고 돌아오니 풍기로 이사 가서 오래도록 살 줄로 알았는데 세영두 레마을 아파트를 계약하였다며 돈 좀 보태란다. 자라는 손자들 교육을 위한 일이라 노령 대비 하려고 마련해둔 돈을 툭툭 털어주고서도 아깝지 않으니 자식이란 이런 건가! 안동으로 이사 와서 복주초교에 전입한 손자와 손녀는 좋아라 법석이나 아들은 출, 퇴근이 힘들다고 신음을 한다.

휴일이면 손자와 손녀를 불러서 문제지를 풀게 하여 학력을 측정하여 보면 손녀는 제 오라비에 비할 바 못 되나, 피아노에 소질이 있어 얼굴만 마주치면 피아노 연습을 잘하라고 추스르고 있다. 욕심이 과해선가, 넘쳐서인가! 자라는 아이들의 장래에 희망을 부풀린다.

어느덧 세월이 흘러 손자는 안동 중학에 추첨되어 안동대 영재교육을 받게 되고, 손녀는 안동 여중에 추첨되어 음악 시간이면 피아노 반주를 연주한단다. 지 애비 제 자식을 지성껏 사랑하고 지 애미 제 자식을 힘써 돌봐주니 가화만사성이 아니던가.

금쪽같은 며느리는 사회복지사와 보육교사 자격증을 취득하고 초등학교에 근무하고 아들은 행정학 석사과정을 마치고 경영학박사 학위를 받아 대학 강의도 나갈 때가 있다고 한다. 얼마나 고대했던 일인가 가슴이 뿌듯하다.

아들 내외가 착하기를 어디에다 비길 건가 전화로도 조석으로 문안하고 휴일이면 함께 즐기고, 저들끼리 먹을 외식 우리 내외 더불어 먹고 시시때때 먹을 간식 냉장고에 채워준다. 얼마나 기특하냐!

자라는 애들 보곤 공부도 좋지마는 "착하게 자라라."하는 말이 입버릇이 되었다. 열일곱 우리 식솔 잘못될까 걱정이고, 잘 되기를 바라자니 마음 편할 날이 없다. "가지 많은 나무는 바람 잘 날 없다."는 말은 이를 두고 한 말인가?

집안이 서로 뜻이 맞고 정다우면 가난하여도 좋거니와 서로 뜻이 맞지 아니하면 돈이 많은들 무엇을 할 것인가. 아버지의 마음을 편안하게 하는 것은 자식이 효도하는 데 있는 것이요. 남편의 마음을 괴롭히지 않게 하는 것은 아내의 어진 데 있는 것이다. 이 말을 자손들이 익혀 명심하고 행하기를 지성至誠으로 바라본다. 나이가 곤백에도 자식 걱정 못 버리니 부모 된 마음은 누구나 이러한가?

내 가슴을 메운 회포懷抱

세상에 한 분밖에 없는 형이 내 가슴에 살아 있다. 형과의 회포를 더듬자니 눈물이 앞을 가린다. 일본에서 부모를 따라 황급히 귀국하게 되어 형이 기거하고 있는 증조부님 댁에 묵어가려고 들리니 보고 싶은 형은 보이지 않았다.

석양이 되어서야 함께 거처하고 있는 아저씨들과 함께 집으로 돌아오는 형을 보고 너무나 반가워 달려가 손을 잡았다. 손은 차갑기 그지없고 얼굴은 찌들어져 불쌍해 보인다. 내 눈치를 알아차린 형은 학교에 공납금을 내기 위해 정미소에 가서 왕겨를 얻어 팔러 갔다가 늦었다고 한다. 이 이야기는 해방 직전의 이야기다.

저녁밥을 먹자마자 나는 형과 나누어 쓰려고 갖고 온 책

가방을 펼쳐보니 책꽂이에 꽂혔던 책들만 들어있고 공책과 연필과 크레파스 등 형과 나누어 쓰려고 서랍 속에 가득히 모아 두었던 학용품은 황급히 오는 바람에 아무것도 보이지 않아 내 가슴은 찢어지는 듯 아팠다. 그 후 형 생각이 날 때마다 차가운 손과 초라한 모습이 눈 앞을 가리고, 두고 온 학용품들이 속을 에운다.

형과는 항시 주거지가 달랐기 때문에 자주 만나지 못하였는데, 방학 때가 되어 고향에 들른 형이 부산 구경을 시켜 주겠다며 함께 가자고 한다. 기꺼이 따라나섰는데 싸늘하게만 여긴 형의 손이 따뜻하기 그지없다. 초량 산비탈의 자취방에서 잠시나마 형과 함께 지내자니 부모님 곁같이 마음이 푸근하고 즐겁기만 하다.

그렇게 어린 시절을 보내고 사범학교 졸업반이라 법상동에서 자취방을 얻어 수험공부를 할 때다. 형은 대학을 졸업하고 안동의 모 중학 교사로 근무하게 되어 형의 수발을 내가 하지 않을 수 없게 되었다.

형은 우애하고 아우는 공손하여야하니兄友弟恭 끼니를 거르잖게 하려고, 정성껏 도시락을 싸주었고 온갖 심부름을 거역한 적이 없었다. 그러나 함께 지내면서도 진학 공부를 하느라 형과 조용히 얘기를 나눌 겨를도 없었다.

밤을 지새우며 수험공부에 최선을 다하였으나 서울 명문대 국문과에 응시하여 불합격의 고배를 마시게 되었다. 그리하여 교편을 잡을까 말까 망설이다 지원해둔 바닷가의 영해교에 초임 발령을 받았다. 그곳에서 부단한 노력의 결과 교직 햇병아리의 티를 벗고 2년 만에 모두가 부러워하는 현 안동 초등으로 영전을 하였다. (1957년)

때마침 형이 안동 중학에 근무하여 어린 장조카를 데리고 학교 기숙사 단칸방에 신혼살림을 하고 있었다. 나는 형이 기거하는 사택 부근의 방을 얻어 동생 하나를 데리고 끼니 신세를 지게 되었다. 함께 지내는 것이 마냥 즐겁기만 하다. 저녁상을 물리기 바쁘게 아기를 업은 형수와 더불어 외국에서 밀려드는 좋은 영화들을 즐겨 보았다.

그러면서도, 향학의 꿈을 버리지 못하고 밤을 지새우며 공부를 하다가 깜빡 잠이 들었는데 "석아 등산 가자."하는 형의 목소리가 단잠을 깨웠다. 형과 처음 가는 등산이라 얼마나 반가운가. 헐레벌떡 일어나서 사립문을 열고 나가니 형은 벌써 태화산을 오른다.

앞서가는 형을 따르려고 헐레벌떡 달렸으나 형은 보이지

않는다. 헐떡이는 가슴을 가라앉히려고 앉아 보니 안동 중학에 다닐 적의 기암봉이다. 감회가 새롭다. 바라다본 교사는 전란의 아픔을 딛고 말끔히 단장이 되었고, 졸업 기념으로 심은 교정의 수양버들은 어느새 훌쩍 자라 늘어진 가지들이 바람결에 일렁인다. 한겨울에도 기압으로 뛰어들어야만 했던 연못과 공부하던 가교사는 흔적 없이 사라졌다.

낙동강 푸른 물은 유유히 흐르는데 훤히 보인 시가는 아직도 전란의 흉물들이 즐비하고 길 밑의 움막집에는 검은 연기를 뿜어낸다. 흘러간 추억들에 넋을 잃고 말았는데 형이 나를 잡아당기며 하산을 하잔다.

그 후 형은 대구, 포항, 풍기를 거쳐 조카들의 교육을 위해 서울 수협으로 직장을 옮겨 갔다. 나도 학교를 퇴직하고 자영업을 하게 되어 상품 구입이나 부모님 제사 때면 찾아뵙고 박주일배나마 나누던 것이 낙이었다. 그런데 형은 뇌졸중으로 반신불수가 되었다.

측은하고 가엽기만 하다. 형을 찾아갈 때마다 수발에 고생하는 형수께 약소하나마 몇 푼씩 주고 왔다. 형과의 마지막 나들이다. 아배 제사를 올리고 나서, 통일전망대 구경을 가자고 권유를 했으나 막무가내다. 가기 싫어하는 형을 동생들과 조카들이 힘을 합해 승용차에 태웠다. 통일전망대에 내려서도 묵묵부답이다. 형이 즐거워하면 나도 즐거울진대 위로할 길은 아무것도 없다. 허물어져만 가는 형제지정은 비탄悲嘆에 빠질 뿐이다.

그 후 형이 위독하단 소식을 듣고 황급히 찾아갔더니 말한마디 없고, 병원에 입원을 하자고 권유해도 대답하지 못한다. 장조카가 와서 입원을 서두르니 그냥 몸만 맡겼을 뿐, 말할 기력마저 잃어가고 있다. 병실의 침대에 누운 형의 손을 잡고 흔드니 눈을 번쩍 뜨고 나를 쳐다본다. 그 시선에 무엇인지 하고 싶은 말이 있는 것 같다. 이때의 손을 잡음과 눈빛이 형과의 마지막 인사가 되었다.

하지만 형은 영영 하직한 것이 아니라 내가 드린 향나무 유택에 고이 몸을 담고 나와 함께 정답게 지낸다. 천륜을 얘기하고 효행을 일러주고 숭조상문崇祖尙門을 당부하고 문학에 정진精進하라는 격려激勵도 하신다. 형은 언제나 내 곁을 떠나진 않을 것이다.

금강산을 찾아가자

북으로 가는 봉래호

겨레 바란 그 철벽을 허물지도 않았는데 금강산 구경이란 꿈엔들 바랐나만 현대건설 회장이신 정주영씨 주선으로 동해에서 배를 타고 강원도 고성을 지나는 금강산 관광 길이 열린 지가 벌써 한 해가 지났다.

언론 보도를 듣다가 보니 관광 의욕을 저해하는 요소가 많아 망설이고 있었는데 TV 화면에 비추어진 절묘한 금강산의 풍광에 매료되어 해외관광을 하려던 것을 금강산에 가보자고 벗들에게 권유를 하였더니 다행히도 내 뜻에 따른 벗들의 덕분으로 금강산 관광으로 확정이 되었다.

출발을 위해 모여 보니 한복 차림이던 부인들은 등산복 차림이라 격세지감이 든다. 우리를 실은 버스는 동해로 향하였고, 차 안은 온통 흥겨움으로 들떠있다. 버스가 멈춘 곳은 동해이다. 철의 장막이 하루속히 헐어지길 기대하며 금강산 행 봉래호에 올라타니 호화찬란하고 구김 없이 갖추어진 하나의 도시이다.

배는 밤을 지새우며 달리어서 장진항에 닿을 무렵 날이 훤히 밝았는데 산천은 삭막하고 인적은 간데없다. 우리가 탄 봉래호가 너무 커서 닿을 부두가 없어서 작은 배를 갈아타고 장진항 부두에 도착하였다.

만물산을 찾아서

입국 절차가 까다롭고 삭막하기 그지없다. 출입 절차를 마치고 관광버스를 찾아가니 우리와 함께 온 일행을 실을 버스 열 대가 나란히 서 있었다. 대기소서 기다릴 제 사방을 둘러보았더니 길모퉁이와 산허리에는 이북의 군인들이 보초를 섰고 산은 온통 개간되어 붉은 흙빛을 토해낸다. 우리를 실은 버스는 만물상으로 쉬지 않고 달리는데 바라다본 산골짜기엔 어린 학생들이 벼를 베랴 웅성이고 인가가 나타나고 아낙들이 보인다.

우리 일행이 손을 흔들어 주니 못 본척할 줄 알았는데 그들도 손을 흔들어준다. 이심전심이다. 피는 물보다 진하다는 말은 이를 두고 한 말인가.

등산로 입구엔 해묵은 적송들이 하늘을 덮었다. 주차장에 도착하여 등산길에 오르는데 감시원이 군데군데 서 있었고, 널찍한 바위마다 김일성을 찬양하는 글들이 붉게 새겨져 있다. 담배꽁초는 물론이요 지정된 곳 아니고는 오줌마저 통제하고 티 없이 맑은 물엔 손발마저 못 들인다.

쉼터마다 감시원이 서 있고, 골짝마다 보초를 선 군인들은 부동자세로 꼼짝하지도 않는다. 하지만 주민들은 예사롭게 우리들과 얘기를 나눈다. 농담을 하니 순박한 아가씨는 얼굴을 붉히면서 피한다. 김일성의 초상이든 붉은 배지를 단 이들은 공산당원이고, 그러지 않은 이는 평민이라 한다.

체제와 이념이 서로 다른 동포이나 나누는 정담 속에 동포애가 스며난다. 만물산 등산로를 타박타박 오르다 보니 오묘하게 생긴 바위들에 넋을 잃어 안내양의 열변은 마이동풍이다.

온갖 형상의 바위들과 곱게 물든 단풍이 아우러진 한 폭의 그림이다. 산 중턱에 이르러 양 갈래로 나뉘는데 우리 내외는 만물산 중 가장 높다는 망양대에 오르기로 하였다.

평소에 쌓은 실력만 믿고 태산중령을 오르자니 구슬땀이 줄줄 흐른다. 그 피로감을 덜어주랴 옛시조 한 수를 읊어본다. '태산이 높다 하되 하늘 아래 뫼이로다. 오르고 또 오르면 못 오를 리 없건마는 사람이 제 아니 오르고 뫼만 높다 하더라.' 흘러간 시조 한 수가 내 몸에 충전되어 망양대에 거뜬히 올라섰다.

후유, 한숨을 쉬고서 사방을 둘러보니 겨레의 정기를 담은 광활하고 장엄한 기상氣像에 호연지기를 일깨운다. 끝없이 넓다는 동해를 바라보니 안갯속에 잠이 들고 양쪽으로 뻗은 능선은 만물상의 보고寶庫를 포근히 감싸 안고 있다. 망양대를 배경으로 기념사진을 찍고 하산 길에 들었다. 흔쾌한 노랫가락이 저절로 흘러나온다.

"에헤– 금강산 일만이천 봉마다 기암이요, 한라산 높고 높아 볼수록 유정 터라…."

구룡폭포로 가는 길에

단잠을 자고 일어나자마자 구룡폭포로 가잔다. 구룡폭포로 가는 길은 흘러내린 청담수와 산허리의 예쁜 단풍이 아우러진 풍광은 감탄하지 않을 수 없는 절경이다. 이끼 하나 끼

지 않은 시냇물에 탄복하며 물길을 따라 오르니 극심한 가뭄
에도 불구하고 내리쏟는 물줄기가 바위에 부딪혀 굉음轟音을
토하며 부서진다. 여기가 구룡폭포라고 한다. 그 장관을 보
기만 해도 속이 시원하고 숨통이 탁 트인다.

부서져 내려 고인 청담수엔 아홉 마리의 용이 즐긴 곳이
라 하여 구룡폭포라 한단다. 나도 한번 풍덩 뛰어들고 싶어
진다. 아무도 찾아드는 이 없는 우리만의 낙원이다. 너리바
위에는 놀다간 신선들의 이름이 즐비하게 새겨져 있다. 나
역시 청담수에 몸을 담은 신선이 되려는데 '서커스 구경 가
자.'하며 하산을 독촉한다.

교예단을 찾아서

발걸음을 재촉하여 서커스장을 찾으려고 두리번거려 봐
도 '서커스장'이란 보이지 않고 '교예단'이라 하는 조그마한
현판이 외로이 걸려 있다. 교예단에 들어가니 관객들 모두가
남녀 사람뿐이다.

교예단의 막이 오르자 다람쥐를 능가하는 신통한 재주에
탄복하지 않을 수 없다. 서커스란 외래어를 쓰지 않고 우리
말인 교예단이라 하니 듣기가 이채롭다. 그들의 곡예는 인간

의 경지를 뛰어넘은 신출귀몰한 예술이 아니던가! 일 초 일
각의 오차를 용납지 않는 위험하고, 아슬아슬한 재주들을 무
난히 헤쳐 내니 이 어찌 사람이라 할 수 있나! 탄복하는 마음
과 연출하는 재주가 이심전심 상통하여 동포애의 발로로 눈
시울이 붉혀진다.

'고향의 봄' 노래를 함께 부르며 향수에 젖어들고 겨레의
염원인 통일을 기원하는 노래 '우리의 소원'을 눈물을 쏟으
며 합창을 했다. 우리의 소원은 통일 꿈에도 소원은 통일, 이
목숨 다해서 통일 이 나라 살리는 통일, 통일이여 어서 오라
통일이여 오라….

금강산 망양대(1993년 10월 12일)

5부

고락의 나들이

아름다운 노년의 삶

마음이 스산한 이른 아침에 부스스 눈을 뜨고 일어나 창밖을 내다보니, 뜰에 심어 가꾸어온 노랗게 물든 은행 나뭇잎이 찬바람 된서리에 시들어진다. 신비로운 움이 자라 풍마우세를 무릅쓰고 꽃피우고 열매를 가꾸던 잎이 시들어가는 모습을 보니 애잔한 마음을 금할 수 없다.

홍진에 찌든 나를 고운 단풍에 비기다니, 한번 가면 다시 못 올 인생이라 서글픈 마음이 콧노래로 흐른다. '인생은 나그네 길 어디서 왔다가 어디로 가느냐, 구름이 흘러가듯 떠돌다 가는 인생, 정이란 두지 말자 미련이란 두지 말자, 인생은 나그네 길 정처 없이 흘러서 간다⋯.'

서글픈 마음을 콧노래로 달래다 보니 동산에 솟은 해가 눈이 부시다. 눈을 번쩍 뜨고 은행나무를 쳐다보니 햇볕 받아

노랗게 빛나는 단풍잎은 곱기만 하다. 이 고운 단풍에 혼을 팔다니 이 단풍에 못지않게 아름답게 살다가 가고픈 마음이 불쑥 솟아오른다. 하지만 노년의 몸이라 어떻게 살아야 아름다운 삶인지 알 길이 묘연하다. 입신양명하고 부귀영화를 누리는 것도 아름다운 삶이 아닌 것 같다.

세간에 유포되고 있는 말에는 '노인이 의지할 상대는 자녀가 아니라 부부라 하고, 노년의 나이는 숫자에 불과하다. 노인은 노년을 위한 다양한 프로그램을 스스로 찾아라. 노인은 죽음을 두려워하지 말라, 노년을 맞이하는 죽음은 아름답고 고귀한 순간이다. 죽음은 관념이요 삶이란 상상이다.'라는 말들이 수두룩하다.

그뿐만 아니라 착함을 보면 따르고, 옳음을 들으면 몸소 행하여야 하고, 자기가 하고자 하는 것은 남에게 미루지 말고, 행하여 얻지 못하면 자기 자신에서 원인을 구하라는 말도 있다. 하지만 아무리 자신을 살펴보아도 아름다운 곳이란 찾아볼 수도 없다. 성인도 제 그름을 모른다고 하는데 하물며 이 어려운 일을 어찌하여 자신에서 구할 수 있겠는가 엄두도 못 낼 말들이다.

좀 더 곰곰이 생각하다니 아무리 보잘것없는 일이라도 그

것에 만족하라, 그리고 신을 섬기는 사람처럼 자기의 모든 것을 바쳐 당신의 여생을 보내라. 아무도 지배하지 않을 뿐 아니라 다른 사람의 노예도 되지 마라. 걱정하고 노력한다면 뜻을 이룰 수 있고 안일하게 지내고 머뭇거리기만 하면 자기 자신을 망친다는 그럴듯한 말이 널리 유포되고 있다.

그 누가 뭐라 해도 사람의 마음은 몸이 주인이고 몸은 마음을 담은 그릇이니 주인이 바르면 따라서 그릇도 바르게 될 것이며, 사람의 착한 소원이 있으면 반드시 그 소원을 이룰 수 있을 것이라고 한다. 그리고 소원을 이루고자 하면 자기도취의 감옥, 과거지향의 감옥, 실망의 감옥, 질투의 감옥을 벗어나면 행복해질 수 있을 뿐 아니라 원하는 뜻을 이룰 수 있다는 「데이빌 네이틀」의 글도 있다.

아름답게 살고자 하는 소원을 이룩하기 위해서는 냉철한 눈으로 사람을 보며, 냉철한 귀로서 말을 들으며 냉철한 마음으로 이치를 생각하는 것이 사람이 살아가는 좋은 방편이 될 것이라는 생각이 꼬리를 문다. 마음을 가다듬어 아름답게 사는 길을 모색하는데 안간힘을 다하다니 프랑스의 문학가 「앙드레 모르와」의 글에 담긴 문장이 선뜻 떠오른다.

노년의 빛을 발하기 위해서는 자기 보다는 다른 사람을 위하여 살아

야 한다. 활동하지 않으면 안 된다. 의지의 힘을 빌리지 않으면 안 되며, 자기 자신에 성실해야 한다

　얼마나 절실한 말인가! 마음에 와 닿고 귀에 솔깃한 말이다. 이것이 아름다운 노년의 삶의 길이다. 노인은 이 길을 귀감으로 삼아 성실히 따르고 몸소 이행하는 것이 아름다운 삶이다. 이 길을 따르고 솔선수범하면 노년의 여생에 보람을 찾을 수 있을 뿐 아니라 모든 사람들이 아름다운 삶을 누리게 될 것이다. 이 말을 새기고 보니 광명한 태양은 창공에 솟아오르고 샛노란 단풍잎은 유난히 아름답다.

입버릇의 단장丹粧

휴일 날, 아들네가 손자들을 데리고 다니러 왔다. 그동안 못다 나눈 얘기를 함께 나누고 나니 "할아버지 안녕히 계십시오."하고 생글생글 웃으며 손자들이 작별인사를 한다. 그러면 나는 "공부도 잘해야 하지만 착하게 자라야지."하며 손자들을 일일이 안아주며 등을 쓰다듬어 준다. 그러고 보니 입버릇처럼 이 말을 한 지도 꽤 오래다. 반세기 전에 아동들을 가르칠 때부터 당부해온 말이다.

노쇠한 탓인지는 모르나 깊이 잠드는 때가 적고 하룻밤에도 수도 없이 깨었다 잠들었다 한다. 오늘 밤에도 아무리 잠을 청하여도 쉬 잠이 들지 않고 떠나보낸 손자들 모습만 눈앞에 아롱거린다.

'착하게 자라라.'라고 하는 말을 그동안 수도 없이 써왔으나 어떻게 하는 것이 착한 것인지 자세히 가르치진 못하였다. 고작해야 공부도 잘하고 부모님 말씀도 잘 듣고 나쁜 짓을 해서는 안 된다는 당부의 말밖엔 하지 못하였다. 만날 때마다 한결같은 말이라 손자들이 진절머리를 낼 것만 같다.

먼동이 트는데도 청하는 잠은 오지 않고 정신은 초롱같이 맑아져 어릴 적 외갓집인 원촌에 다닐 적에 도선서원에 있는 '선善'자가 새겨진 커다란 목판이 문득 생각이 났다. 전등불을 환히 밝히고 착한 것이 무엇인지 알고 싶어 돋보기안경을 끼고 책들을 펼쳐보았다.

먼저 '착하다'라는 말의 뜻을 자세히 알아보기 위해 사전에서 찾아보니 '마음이 곱고 어질다. 선善하다.'라고 적혀있다. '어질다'라는 말은 마음이 너그럽고 인자하다. '선하다'라는 말은 '착하고 어질다'라고 적혀있어 아리송할 뿐이다. 그리하여 어떻게 하는 것이 착한 것인지 자세히 알아보기 위해 고전古典을 뒤지기 시작했다.

밤을 지새우며 책을 보다니 착한 일을 하는 사람에게는 하늘이 복福을 주시고, 악한 일을 하는 사람에게는 하늘이 화禍를 주신다. 착한 사람을 보는 것을 즐거워하고, 착한 말을 듣는 것도 즐거워하고, 착한 뜻을 행하는 것을 즐거워하여야 한다. 그리고 '행실의 근본은 참는 것이 으뜸이다.' 기뻐하고

성을 내는 것은 마음에 있다.

  말은 입에서 나오는 것이어서 말을 삼가고, 남을 위하는 마음을 자기를 위하는 마음과 같이하라고 하였으며, 남이 비방하는 것을 성내지 말며, 좋은 소문을 들어도 기뻐하고 좋지 못한 소문을 들어도 화내지 말며, 쓸데없는 생각은 정신을 상하게 한다. 허망한 행동은 화를 이루며 분한 것을 참으면, 백날의 근심을 면할 수 있다, 라고 하였다. 이 말은 고전에서 간추려 본 말이다.

  그러고 보니 '착하다'라는 말은 '마음씨가 곱고, 행실이 바르다는 말이다.'라고 매듭을 지었다. 이와 같이 매듭을 지우고 보니 갑갑했던 마음이 시원하게 풀리고 큰 원願을 이룬 것 같다. 사람이란 담력은 크고자 하나 마음은 작아지고, 지혜는 원만하고자 하나 행실은 모가 나기 마련이다.

  그럼으로 이 말을 귀감으로 삼으면 나의 입버릇을 단장하게 될 뿐 아니라 손자들도 이 말을 쉽게 알아차리고 착하게 자랄 것이라고 생각하니 생글생글 웃는 손자들의 모습이 떠오르는 태양처럼 눈앞에 환하게 비추어진다.

태국기로 싼 유해 遺骸

　　내가 이 삼촌에 극진極盡한 까닭은 사람이란 누구나 잘 태어나 잘 자라서 잘 살기를 염원念願 할진대 그렇지 못하기 때문이다. 이 삼촌에 대해 내가 아는 바는 기구崎嶇한 운명으로 태어나 조부님의 6남으로 호적에 입적되었으나 의지할 부모형제가 없어서 증조부님 슬하에서 자라시다가 꽃피는 나이에 혈서血書를 남겨두고 출가하여 서울에서 대학을 고학하시다가 6.25를 맞아 육군 소위에 임관하여 방위사관학교 교관으로 봉직타가 경주 안강전투에서 산화된 처자식마저 없는 생애가 애통哀痛하여 기리는 것이다.

　　전사 통지를 받은 아버지께선 당시 방위사령관이시던 숙부님과 함께 유해를 찾아오셔서 조부모님 묘역 부근에 안장을 하게 하셨는데 이 무덤을 볼 때마다 애잔한 마음을 금할 길이 없었다. 삼촌의 생애를 떠올리며 지내온지도 60성상이 훌쩍 흘러 이 삼촌을 기억하는 분은 거의가 세상을 떠나셨다. 자식마저 없는 이 무덤을 '나마저 죽고 나면 어찌할까.'하고, 애를 태우던 중 6.25 당시 전몰장병들은 현충원에 봉안할 수 있다는 희소식이 전해왔다.

천행이라 여기며 현충원에 이장을 하려니 군번을 몰라 병적을 확인할 수 없단다. 우여곡절을 다한 끝에 군번을 찾아내어 병적을 확인하니 〈성명 : 남봉식, 주민등록번호 : 280215-0000000, 입영임관 연월일 : 1950.12.15, 전역 연월일 : 1950.12.27, 전역사유 : 전사, 계급 : 중위, 군번 : 208063(대구지방병무청)〉, 〈성명 : 남봉식, 신분 : 육군 장교, 계급 : 소위, 군번 : 208063 1928. 2. 15생, 소속 : 방사교, 안장 장소 : 서울 위패(서울 현충원)〉으로 확인이 되었다.

대전 현충원에 이장 신청을 하다가 보니 서울 위패 안장소에 위패가 안치되어 있었음을 비로소 알게 되었다. 위패 폐기 신청을 하고 안동 보훈청에 가서 유골함을 구해두고 현묘소의 사진을 찍어 면사무소에 가서 이장 신청을 하고, 인부를 구하여 무덤을 해쳐보니 60년이 넘도록 지났음에도 은빛 모래에 섞인 유해는 습기 하나 없고 변질되지도 않은 기상천외 유해이다.

인부들이 파내는 유해를 빠짐없이 골라내니 유골함에 가득하다. 유골함을 태극기로 싸서 집으로 돌아오니 저녁식사 때가 되었다. 아내와 함께 제수를 장만하여 제사를 올렸다. 이것이 삼촌과 오랜만의 상봉이자 작별이라 생각하니 목이 매어지고 눈물이 핑 돈다.

내일 일찍 출발을 위해 잠을 청해도 쉬 잠이 오지 않고 삼촌과의 인연들이 생생하게 떠오른다. 해방 직후의 일이다. 날씨가 몹시 추워 형님이 기거하는 증조부님 댁엘 묵으러 갔었는데 형님네가 거처하는 방문을 열고 드니 아무도 없는 방에는 피비린내가 코를 찌르고, 그 넓은 벽에는 혈서로 가득 찼다. 읽어 볼 경황도 없어 방을 나와 형이 오기를 기다리며 서성이었다.

해가 지고 어둠이 찾아들자 함께 기거하는 형과 아저씨들이 귀가하여 저녁밥을 먹고 나니 혈서를 남긴 삼촌이 오셔서 평소에 쓰시던 책과 일용품을 함께 기거하는 형과 아저씨들에게 나누어 주더니만 마지막 남은 일제 휴대용 벼루를 아무런 말씀도 없이 내게 쥐여주시었다. 그러고는 "모두들 잘 지내거라." 하시고는 어디론가 떠나시고 말았다.

삼촌 생각에 밤을 지새우다가 깜빡 잠이 들었는데 함께 가려던 종제(사촌 동생)가 초인종을 울려 단잠을 깨운다. 아침밥을 먹은 둥 마는 둥 한데 삼촌의 유해를 가슴에 품고 청주행 직행버스에 올랐다. 삼촌을 현충원에 모시게 되고 보니 우려했던 일들은 사라지고 현충원 장교 묘역으로 안장한다고 생각하니 위세가 우쭐하다.

청주에 도착하니 공사에 근무하는 맏사위의 운전기사가 모는 고급 승용차로 삼촌을 모시니 어깨가 으쓱해진다. 대전 현충원에 도착하여 민원실을 찾아가니 먼저 당부해두었던 안장심사관인 일가(종씨)가 우리를 환대하며 봉안 수속을 맡아준다.

이장 신청서와 유골함을 인계하고 안장식장에 들어가니 안장관들이 안장할 위패를 모신 가운데 안장 의식이 엄숙하게 거행되는데, 천주교, 기독교의 기도가 있은 뒤 불교의식의 극락왕생을 기원하는 승무僧舞로 끝이 난다.

기도가 끝나자 위패를 모신 위령사들이 묘역으로 안내하는 선두에 중위 남봉식의 위패가 선두에 선뜻하다. 가슴이 뭉클하고 눈물을 머금는다. 위패를 모신 위령사의 뒤를 따른다. 묘역 입구를 들어서니 드넓은 묘역엔 순국열사, 전몰장병들의 묘비가 가득하다.

이들의 순국정신의 투혼闘魂에 감사의 묵례를 올렸다. 따라간 우측의 장교 제 2 묘역에 육군중위 남봉식이라 쓰인 위패가 눈에 선하다. 봉안원이 유해를 묻는다. 작업이 끝나자 설치해둔 화병에 꽃다발을 헌화하고 명복을 기원하는 재배를 올렸다.

현충원에 봉안한 삼촌이 자랑스럽기 그지없다. 사람이란 좋은 환경에서 태어나 행복을 누리며 사는 것도 바람직하지만 그에 못지않게 공명을 세우고 산화散花하는 영광된 영생의 길임을 깨우친다.

우리 삼촌 국군용사 고故 남봉식 중위님 충심衷心으로 애도哀悼하며 삼가 명복을 빌고 또 빕니다. (2009. 4. 8)

행복의 지름길

일생을 살아가는 동안 사람들은 행복을 누리기보다는 불행을 많이 겪어보기도 한다. 더구나 살아가면서 세 가지의 고뇌 속에서 위협을 당하고 있는 것이 사람의 일생이라고 해도 과언은 아니다.

세 가지 고뇌의 첫째는 죽음의 고통 속에 불안감을 갖는 육체, 둘째는 사정없이 파괴력을 휘두르는 외압外壓, 셋째는 다른 사람들과의 인과관계를 들 수 있다. 사람은 더불어 살아가는 사회적 동물이기에 지켜야 할 규범과 질서가 있다. 따라서 사회적 혼란과 가정의 불화는 인간의 행복에 가장 밀접한 요소가 된다.

삶과 죽음의 문제는 신神에게 맡겨 놓더라도, 앞날을 어떻게 하면 가장 보람 있게 살아갈 수 있을 것인지가 오늘날의 절실한 과제이기도 하다. 여생을 소박하고 선량하게 살아가야 한다는 마음은 누구나 갖고 있다.

반사회적 행동을 하지 않고, 공공의 이익을 위하여 노력하여야 한다는 마음가짐으로 살아간다면 인생의 행복은 늘 함께할 것이며, 자신의 곁에서 떠나려 하지도 않을 것이다.

볼테르는 "운명은 우리를 끌고 다니며 조롱한다."고 하였으나, 운명이란 남의 영향을 받는 것이 아니라 자신이 만들어 가는 것이다. 맹목적인 시련이나 고통이나 번뇌는 있을 수 없고, 행복으로 지향하는 과정이다. 불가항력으로 닥치는 일은 운명이 아니라 숙명이다. 숙명을 겸허히 받아들이는 마음은 모든 불행을 벗어나는 지름길이다.

불행이란 그것을 불행이라고 단정하는 자신의 확신으로부터 온다. 결코 타의에 의한 것이 아님은 주변 사람들을 통하여 흔히 볼 수 있다. 어떤 문제에 부딪혀 불행하다는 생각에 사로잡히게 된다면 잠시도 그 고통에서 헤어나지 못하게 된다. 이때 이것은 불행이 아니라 행복을 지향하는 과정이라는 생각을 한다면 모든 불행의 번뇌에서 벗어나 행복해질 것이다.

우리에게 다가오는 공포도 여러 가지로 나타나고 있다. 다른 사람의 영향으로 자기의 개성을 잃는다고 하는 공포감, 새로운 것에 대한 공포, 낡은 것에 대한 공포 등이 있다. 그 중에서도 가장 치사하고, 어리석은 공포는 자기의 개성을 잃는다고 생각하는 공포이다. 이것은 독창성을 가지고자 하는 욕구에 불과하다.

모든 괴로움은 육체적 고통만 제외하고는 대부분이 상상적인 관념이다. 이런 고통은 상념想念에 잠길 필요가 없다. 불행을 넘기면 무덤 속 같은 처절한 고뇌에 참고 견디게 된다. 인간은 신성한 존재이다. 사람의 본성은 무엇에도 구애받지 않고 공정하고 지혜로운 자연의 한 부분이다.

이성은 올바른 행동을 하고 마음이 편안해지면 만족하는 본성을 지니고 있다. 그리고 세상의 모든 것 중에서 오직 인간만이 자기에게 일어나는 일을 기꺼이 받아들일 수 있는 능력을 가지고 있다.

아름다운 추억은 기억하는 것이 좋고 불미스러운 과거는 망각하는 것이 좋다. 일상생활에서 스트레스를 줄이는 방법은 많이 알려져 있다. 매사에 최선을 다하라. 마음의 평정을 잃지 마라. 좋아하는 일을 찾아라 등 다양한 이야기들이 하루도 거르지 않고 들려온다.

인간은 자연의 섭리 혹은 이성에 따라 행동해야 하지만 인간은 그 법칙에 대한 지식에 따라 행동하는데 이것이 인간의 특징이다. 하지만 인간이 지식을 얻는다 해서 어떤 사실을 변화시키지는 못하나 앞으로 일어날 일을 짐작할 수 있을 따름이다.

죽음의 관념에 사로잡히는 것도 나이를 먹어가는 탓인지도 모른다. 늙는다는 것은 안정된 것이 변하는 일임을 깨닫는데 그 뜻이 있다. 평생 동안 운명만을 추정해 온 사람들은 외관상 아름다운 것에 현혹되어 눈앞에 있는 것밖에 보지 못한다. 신이 인간에게 내린 형벌 중 가장 공평한 것은 사람은 누구나 죽는다는 사실이다.

고진감래苦盡甘來는 아니다. 인생이란 고행의 길이다. 고행이 끝나면 행복이 오는 것이 아니라, 인생이 끝나는 것이다. 죽고 싶다 하는 말은 산 사람의 입에서 나온 말이다. 맹목적인 고통과 고뇌는 있을 수 없는 일이며 모든 괴로움은 불행에서 벗어나려고 하는 노력일 따름이다. 불행이란 '행복을 지향하는 인간의 피와 땀이다.'라는 생각을 갖는다면 모든 불행에서 벗어나 행복을 누리게 될 것이다.

복福 중의 복福은 인연복人緣福이다

인연이란 사람과 사람 사이에서 만남이나 부 딪히는 가운데서 맺어지는 연분緣分을 말한다. 연분에는 천 생연분이 있고 혈연, 지연, 학연이 있을 뿐 아니라 옷깃을 스 쳐도 인연이라고 한다. 복福에는 수壽, 부富, 강녕康寧, 유호덕攸 好德, 고종명考終命의 오복五福이 있을 뿐 아니라 이가 튼튼한 것도 오복五福의 하나라고 한다.

사람은 누구나 복을 누리고 좋은 인연을 맺기를 바라는 것 이 살아있는 동안에 끊이지 않는 가장 큰 원願이 될 것이다. 나 역시 남과 다를 바 없는 사람이다. 오늘날의 사람들은 복 을 누리기 위해 좋은 인연을 쌓고 다지기에 여념이 없는 실 상이다. 옛사람들도 '류인정留人情이면 후래後來에 호상견好相

見'이라 하였다. 이 말은 정이 두터우면 오랜 세월이 지나도 잊지 않고 반갑게 맞이한다는 말이다.

나 역시 인연을 다지기에 열성을 다할 뿐 아니라 조용히 묵상에 잠기어 맺은 정을 더듬을 때가 잦다. 그때마다 그리움에 사무칠 뿐 아니라 애수에 젖어들기도 하며 누구인지 모습이 선뜻 떠오르지 않을 때는 사진첩을 펼쳐보기도 한다.

그때마다 눈시울을 붉히기도 하고 미소를 머금을 때도 있다. 사람마다 가지각색의 인연을 맺고 있을 줄 아나 쉽게 만나보지 못하는 것은 저마다 살기 급급하여 가슴에 묻어 두고 살아야 하는 인생사인지도 모른다.

힘에 겨운 일을 하고 지칠 대로 지친 몸이라 잠이나 푹 자려고 침상에 누웠는데 전화벨소리가 요란하다. 받을까 말까 망설이는데 벨소리는 끊이지 않는다. 수화기를 귀에 대니 '야 임마, 석이냐.'하고 묻는다. '그래 내가 석이다.'라고 알렸어도 '야! 네가 정말 석이냐?'하고 다그친다.

'맞다니까. 왜 그래 넌 누구냐.'하고 짜증스레 물었더니 '내가 한이다.'라고 대답하며 울먹인다. 울음을 훌쩍이며 '이 노마야 정말 보고 싶다. 정말 보고 싶다.'라고 하며 횡설수설한

다. 수십여 성상이나 만나지 못한 서울사대를 나온 절친한
친구이다.

취중지언이나 '무척이나 보고 싶었던 모양이다.'라고 여기
다니 '수일 내로 꼭 만나러 갈게.'라고 하더니만 수화기를 떨
어뜨리는 소리가 뚜다닥 들려온다. 찾아오기를 학수고대하
여도 소식이 캄캄하다. 너무나 궁금하여 서울에서 자주 어울
린다는 친구에게 '한이의 소식이 끊겼는데 어찌 된 영문이
냐.'라고 물었더니 대뜸 한다는 말이 그 친구 세상을 뜨고 말
았다는 애석한 소식을 전하여준다.

이럴 수가 어디 있나! 취중지언이나 그 울부짖던 하소가
석별의 인사가 될 줄이야 꿈엔들 생각했나. 나라도 진작 찾
아가보지 못한 것이 한이 되어 '이 무심한 못난 놈아'라고 하
며 억장이 무너지도록 내 가슴을 두들긴다.

억장이 무너져 두들긴 내 가슴이 가라앉기도 전의 일이다.
일터로 가려고 소지품을 챙기는데 초인종이 울리더니 대문
을 두들긴다. 무슨 변고인가 하고 황급히 달려나가 대문을
열었더니, 몸집이 거대하고 돗골 앞산만 한 불룩한 배를 내
밀고 대문 안을 들어서며 나를 훑어보더니만 '네가 석이가

맞나.'하고 의아한 눈총으로 묻는다. '그래 내가 석이다.'하고
알렸어도 고개를 갸우뚱거린다.

나 역시 찾아온 친구가 누구인지 도무지 생각이 나지 않
는다. 내 눈치를 알아차린 친구는 '내가 영대다. 날 모르나.'라
고 하더니 떡대 같은 몸집에 바싹 여윈 나를 안고 대문 앞을
빙빙 돈다.

가만히 생각하니 아득한 어린 시절 초등학교에 다닐 적의
길동무다. 한길을 운동장 삼아 새끼줄을 둘둘 감아 공처럼
차고 다니던 생각이 문득 떠오른다. 헤어진 지 아득한데 잊
지 않고 찾아오니 얼마나 반가운가! 손에 손을 잡고 '대폿집'
을 찾는 발걸음은 가볍고 나누는 회포는 가슴을 뭉클하게 한
다.

인연이란 다져야 하는 것이 마땅할 진데 가슴에 찡하게
와 닿는 친구가 숱한데도 찾아보지 못하다니 '이래도 사람인
가!'하고 뉘우쳐진다.

나 역시 그립기 그지없는 죽마고우를 꼭 찾아보겠다는 마
음이 솟구쳐 오른다. 사진첩을 들출 때마다 눈길을 멈추게
하는 앳된 소년의 모습이 담긴 조그마한 흑백 증명사진이다.

6.25 직전 중학교에 다닐 적에 즐겨 만나던 동무이다. 이젠 만나기를 더 미룰 때가 아니라 하루속히 만나야겠다는 조바심이 일고, 조그만 사진 한 장이 눈앞에 맴돌아 애를 태운다.

이 동무를 찾으려고 동서팔방의 친구들께 당부를 하였으나 오랜 세월이 지나도록 소식이 캄캄하더니만, 한겨울이 지나고 따뜻한 봄이 찾아들자 지성이면 감천이라 강남 갔던 제비와 함께 반가운 소식이 전해왔다. 수화기를 놓기 바쁘게 전해주는 전화번호로 내가 찾는 벗이 맞는지를 확인해보니 틀림없는 죽마고우이다.

서둘러 하던 일을 마치고 동서울 직행버스 터미널에서 만나기로 약속을 하였다. 만남의 기대에 가슴을 부풀리며 동서울터미널에 도착하니 내리는 하객들과 타려는 승객들이 인산인해를 이루었다.

사방을 둘러보며 두리번거리는데 호호백발의 노인이 내 앞으로 다가온다. 자세히 살펴보니 어린 날의 모습이 얼굴에 가득하다. 60년이 지나도록 보고팠던 죽마고우 서예 대가인 화산華山이다. 손을 잡은 채 덩실덩실 춤이라도 추고 싶도록 반가운 만남이다.

친구네 댁으로 안내되어 태산같이 쌓인 정담에 긴긴밤을

지새우고도 날이 샌 줄 모른다. 인연, 정, 정분은 말은 서로 다르나 뜻은 같은 말이다. 정이란 베풀수록 두터워지는 것이요, 자주 만날수록 다져지는 것이다. 사람이 바라는 복福중의 가장 큰 복福은 인연복이다. 모든 사람이 인연을 다진다면 우리가 사는 세상은 더욱 화기애애한 낙원樂園이 될 것이다.

노인예찬 老人禮讚

동방의 예의지국이라 만방에 표방標榜하던 우리나라도 밀려드는 서양문물의 범람氾濫으로 숭조사상崇祖思想의 퇴색退色뿐만 아니라 노인을 공경하는 미덕마저 저버린 세상을 맞고 있는 현실이다. 우리의 미풍양속이 세속의 풍류에 표류되어 있음에도 불구하고, 수수방관袖手傍觀하고만 있을 것이 아니라 오히려 노인에 대한 미덕을 예찬하여야 마땅한 일일 것이다.

비록 노인이 흉측하게 보일지는 모르나 노인에게도 아름다움이 있다. 지는 해의 노을과 같은 아름다움이 있고, 산천을 곱게 물들이는 단풍잎 또한 노인의 아름다운 모습이다. 노인에게 경거망동하거나 홀대忽待할 것이 아니라 받들어야 옳을 것이다.

노인에게도 사랑하며 가르쳐 놓은 자손이 있고, 심연深淵을 해치며 꿈과 희망을 지니고 일하고 창조하며 다듬어온 결실이 오늘날의 발전된 세상임을 인정하고 찬양해야 옳을 것이다. 그럼에도 불구하고 노인을 공경하지 않는 것은 도덕의 근간인 예절에 대한 소양이 부족하거나, 노인이 사회에 기여한 공적을 알지 못하기 때문이다.

인간다운 인간이 되는 길은 도덕적인 삶이 근간이다. 도덕에는 효孝, 인仁, 충忠이 있다. 효는 자식이 부모를 섬기는 일이요, 인은 인간이 마땅히 갖추어야 할 어진 마음씨요, 충은 나라에 충성하는 일이다. 유교에서는 사회는 가정이 확장된 것이라고 본다. 따라서 유교의 실천 강령에는 가정과 사회가 긴밀히 연결되어 가정을 작은 사회라고 보는 것이다.

이와 같은 인륜을 기반으로 확립된 규범이 삼강오륜三綱五倫이다. 삼강은 임금은 신하의 근본이 되는 군신유의君臣有義이고, 아버지는 자식의 근본이 되는 부위자강父爲子綱이고, 남편은 아내의 근본이 되는 부부유별夫婦有別이다.

오륜五倫은 바른 질서를 위하여 서로가 지켜야 할 도리와 순서를 정해놓은 것이다. 아버지와 아들 사이의 도리는 부자유친父子有親이고, 임금과 신하 사이의 도리는 군신유의君臣有

義이고, 부부 사이에는 서로 침범치 못할 인륜의 구별이 있는 부부유별夫婦有別이며, 친구 간의 도리에는 믿음이 있는 붕우유친朋友有信이고, 어른과 아이 사이에는 순서와 질서가 있는 장유유서長幼有序이다. 만일 이런 질서와 규범이 흐트러지면 세상은 혼란에 빠지게 된다.

맹자孟子의 성선설性善說에 의하면 사람은 네 가지 착한 마음을 간직하고 태어난다고 한다. 그것은 사람의 어려운 처지를 불쌍히 여기는 마음인 측은지심惻隱之心과, 정의롭지 못한 행위를 미워하고 부끄러워하는 마음인 수오지심羞惡之心과, 양보할 줄 아는 마음인 사양지심辭讓之心과, 옳고 그름을 분별해 낼 줄 아는 마음인 시비지심是非之心이다. 이 네 가지 착한 마음의 씨앗이 각각 인仁, 의義, 예禮, 지知, 신信인 도덕의 근간으로 열매를 맺는다.

중국 송나라 때의 소옹邵雍은 그의 시時인 격양시擊壤時에서 말하기를 분수에 따르면 마음이 편안하여 몸에 욕됨이 없고 세상이 돌아가는 형편을 알면 마음이 스스로 한가로워지나니 이것은 비록 인간 세상에 살더라도 오히려 인간 세상에서 벗어나는 것이라 하였으며, '노자老子'도 편안한 마음으로 자기의 분수에 만족하라고 말하였다. 자기의 분수를 알고 자기의 분수에 만족할 때 우리 인간은 행복을 느낄 수 있는 것이다.

인간이 선망하는 것은 덕德이다. 덕이란 밝고 올바르며 아름다운 품행을 가리키는 말이다. 유덕자란 이득을 보면 도의를 생각하고, 위태로움을 보면 생명을 바칠 줄 알고, 오래된 약속일지라도 전날의 자기의 말을 잊지 않고 실천한다면 완전한 유덕자가 될 것이다.

이와 같이 인간으로서 마땅히 지녀야 할 도리를 되새겨 보는 것은 모든 사람으로 하여금 도덕적인 삶을 영위하여 노인을 공경하고 예찬하는 것이 인간의 도리이기 때문이다.

노인도 여생을 소박하고 선량하게 살 것이며 공익을 위해 노력해야 할 것이다. 그리고 도덕적인 삶을 솔선수범하고 분수에 따른다면 마음이 편안해지고, 몸에 욕됨이 없는 품위를 지니게 될 것이다.

그리되면 모든 사람들로 하여금 공경을 받게 되고, 도덕적으로 열매 맺은 경노효친敬老孝親의 꽃은 저마다의 가슴에 만발하게 될 것이다.

남기고 싶은 말

희수喜壽를 보내는 세모歲暮의 노을을 보니 서글픈 생각이 든다. 달인은 물욕에서 벗어나 진리를 보면 사후의 명예를 귀히 여긴다는 말이 있다. 그리고 사람은 죽어서 이름을 남기고 짐승은 죽어서 가죽을 남긴다는 말도 있다. 이 말이 생생하게 떠오르는 것은, 나이를 먹어 죽음의 관념에 사로잡히게 되고, 이름을 남기려는 마음이 간절해지기 때문이라고 본다.

사람이란 늙기는 서러우나 명성을 떨치려는 마음을 품는 것은 살아생전의 소원이 될 것이다. 이 소원을 곰곰이 생각해 보니 출세하여 이름을 남기는 것은 자신의 명예로운 일이 될 뿐 아니라, 돌아가신 부모님의 명성을 높이는 일이 될 뿐 아니라, 자손만대의 영광이 된다는 생각이 들어 이름을 남기고 싶은 마음이 가슴을 벅차게 솟아오르기 때문이다.

사람은 착한 마음을 가지고 태어난다. 사람의 본성은 그 무엇에도 구애받지 않고, 공정하고 지혜로운 자연의 한 부분이다. 하지만 소원은 마음에 따르고, 소원을 이루는 것은 하늘의 뜻이라고 한다. 그뿐만 아니라 공자님도 말씀하시기를 '순천자順天子는 존存하고, 역천자逆天子는 망亡이니라.'라고 하였다.

하늘이 착한 사람에게 베푸는 것은 명예로서 베풀기도 하고, 지위로서 베풀기도 하며, 덕으로서 베풀기도 한다. 그리고 검소하고 절약하면 복을 받을 것이요 사치하고 낭비하여 재앙을 부르는 것도 하늘의 이치라고 한다. 화禍는 자기의 욕심을 따르기보다 더 큰 것이 없고, 남의 잘못을 말하는 것보다 더 심한 화는 없을 것이라고 하였다.

생각하면 생각할수록 이름을 남겨야 하겠다는 생각이 꼬리를 문다. 새는 죽음을 당하면 그 소리가 슬프고, 사람이 죽음을 당하면 어진 말을 남긴다. 배우지 않으면 능함이 없고, 가르치지 않으면 자취가 없다. 이利를 찾거든 천하의 의義를 찾고, 이름을 구하려면 만세의 이름을 구하라는 말도 있다.

더 좋은 말이 없을까 하고 우러른 하늘을 바라보다니 지성이면 감천이라, '생전부귀生前富貴하고 사후문장死後文章이다.'라는 말이 밤하늘의 샛별처럼 유난히 번쩍인다. 이 말은 살아서 부귀를 좋아하고, 죽음을 당하면 어진 문장을 남긴다는 말이다. 얼마나 반가운지 이 말이 가슴에 찡하게 와 닿아 내가 남기고 싶은 말을 부추긴다.

차제에 나도 만세에 빛나고픈 한 구절의 문장을 남긴다. "책은 인간의 혼을 담은 그릇이요 독서는 마음의 양식이다." 이 문장은 살아서 금과옥조金科玉條로 삼은 나의 스승이다. 이 말이 없었다면 무엇을 스승으로 삼아서 살아갈 것인가? 하물며 글을 쓰는 사람으로서 어찌 무심할 수 있으랴. 더욱 애착이 넘치는 문장이다. 이 문장이 죽어서도 영원히 빛나기 바라는 솔직한 마음을 드높은 창공의 천지신명께 고스란히 바친다.

고락苦樂의 나들이

아내와 함께 가는 모처럼의 나들이다. 지병
으로 문밖 출입도 마다하는 아내가 어디론가 훨훨 떠나가고
싶다고 한다. 나 역시 노쇠로 과수원 농사를 그만두고, 방구
들에서 글이나 쓴다고 주적 거리는 신세이니 하루가 여삼추
라 얼마나 반가운 나들이인가.

어디로 가면 좋을까 하고 망설이고 있는데 아내는 포항을
거쳐 경주에서 묵어오자고 한다. 점심 밥숟갈을 놓기 바쁘게
나이에 걸맞지 않은 차를 몰고 포항을 향해 떠났다. 시내의
복잡한 거리를 지나 송천에 당도하니 길 안으로 가는 길은 4
차선으로 만장같이 넓게 포장되어 있다.

길 안을 지나다니 길섶의 들녘엔 사과 꽃이 만발하고, 신
록이 짙은 산에는 봄을 찬미하는 연둣빛 나뭇잎이 화사하게

펼쳐진다. 봄의 아름다운 풍광을 만끽하며 영천을 지나 포항에 당도하니, 봄빛 찬란한 수려한 강산에 심취되어 있던 아내가 죽도시장에 들렀다 가자고 한다.

초행길이라 물어물어 죽도시장에 도착하니 인산인해를 이루고 차들이 많아 주차할 곳이 없다. 주차단속원에게 양해를 구하여 길가에 차를 세워두고 시장을 들르려 하는데 아내는 건어물 시장에 가자고 한다, 생선시장을 거쳐 건어물 시장에 들르니 말린 가자미를 산단다.

가자미를 찾아다니던 아내가 내가 즐겨 먹는 가자미 한 소쿠리를 사놓고 더 살 것이 없다며 돌아가자고 하는데 나는 전복이 먹고 싶어 한 마리에 5,000원씩 하는 전복 여섯 마리를 사서 돌아가는데 먹음직한 대게가 눈길을 끈다. 대게 열 마리를 골라놓고 나니, 보이지 않던 아내가 나타나서 과욕은 금물이라며 대게는 사지 말자고 당부를 한다.

어물을 샀으니 경주로 갈 줄 여겼는데 숙식비가 아깝다며 집으로 돌아가자고 한다. 어차피 아내를 위한 모처럼의 나들이라 따를 수밖에 없지 않은가. 생소한 곳이라 안동으로 가는 길을 물으니 고속도로도 있으나, 경관이 좋은 해변도로를 따라 영덕을 지나 안동으로 가면 좋겠다고 가르쳐준다.

가리켜 준 노인의 말을 따라 영덕 쪽으로 가려고, 죽도시장을 벗어나 해변도로를 들어서니 차들이 정체되기 시작한다. 가는 듯 마는 듯한 앞차의 꽁무니를 따르자니 지루하기도 하지만 밤길 운전이 곤란하여 어둡기 전에 집에 도착해야 하는데 정체된 찻길이 뚫리지 않아 걱정이 태산이다.

해변도로에서 보이는 드넓은 바다는 갑갑해진 가슴을 속 시원히 트이게 하고 시원한 바람이 무더위를 녹여주는데, 마음을 가다듬어 앞차의 꽁무니를 따르면서 강구에 도착하니 청송으로 가는 이정표가 눈에 번쩍 뜬다. 하늘이 돕는가 보다 하고 이정표 따라 청송으로 가는데 얼마 못 가서 날이 저문다.

인적 없는 꼬부랑 산길을 넘나들자니 간이 콩알만 해지는데 앞으로 다가오는 차의 불빛에 눈이 부시어 앞이 보이지 않고, 꼬부랑 커브 길이 위태로워 차를 멈출 수밖에 없는 생사기로의 순간이 부지기수이다. 아는 길도 물어서 가라고 했는데 알지도 못하는 길을 찾아든 것이 화근이라 후회가 막심하다.

아내는 위험한 고비가 닥칠 때마다 소스라치게 놀라면서도 "내가 잘못 권유한 탓이다."라고 뇌이고 또 뇐다. 머무를 수 없는 첩첩산중을 지나려니 불길한 생각이 가슴을 더욱 두근거리게 하는데, 이정표도 보이지 않는 캄캄한 계곡을 벗어나니 저 멀리 불빛이 반짝거린다. 대세大勢를 거스른 뜻밖의 고행은 약삭빠른 고양이 밤눈 어둡다는 격이다.

후회한들 무슨 소용이 있으랴. 반짝거리는 불빛을 다가가 보니 길가의 외딴 민가가 아니던가. 차를 멈추어두고 민가에 들러 염치불구하고 창문을 두드리니 주인이 문을 열고 나와 어쩐 일이냐고 묻는다. 안동까지 가려는데 자고 갈 방이 없느냐고 물으니, 주인이 하는 말이 "안동은 한 시간만 가면 될 텐데 차로 가는 것이 좋겠네요."라고 하면서 안동으로 가는 길을 자세히 알려준다.

외딴집 주인이 가르쳐 준대로 가다가 보니 길안으로 가는 터널이 나타난다. 터널을 지나 길안으로 가는데도 청송의 산길 못지않게 어둡고 으슥한 계곡이다. 사력을 다해 길안 계곡을 간신히 벗어나니 길안면 소재지의 가로등이 안동으로 가는 4차선 길을 환하게 밝혀준다. 바짝 조여진 긴장을 풀고 찢어지게 밝은 가로등 불빛을 따라가니 차 바퀴는 시원스럽게 굴러간다.

오붓한 보금자리에 도착하여 후유, 안도의 한숨을 쉬고,

지나온 나들이를 돌이켜 보니 삶과 죽음 사이는 멀지 않고, 고행은 고행으로 끝나는 것이 아니라 고락이 함께한다는 사실을 실감하고 나니 파란만장한 나들이의 막이 내린다.

도심都心의 농원農園
―작은 밭 큰 수확

전원의 낙을 누려오던 과수원 농사를 그만
두고, 도심의 집에만 머무르자니 하루가 여삼추라 갑갑하기
그지없어 황폐된 정원의 잡초와 잔디를 뽑아내고, 해묵은 나
무를 베어내고 나니 아담한 텃밭으로 일구어져 신성神聖한
전원생활의 기틀이 이루어졌다. 부리나케 과수원 둑에 심어
놓았던 대추나무, 모과나무, 산수유, 구기자나무를 비롯하여
나무 밑에는 진달래, 두릅나무, 작약뿌리와 딸기모종을 심고
둘레에는 옥수수 씨앗을 심었더니 전원의 울타리가 되었다.
가운데는 이랑을 만들어 오이, 고추, 토마토, 가지의 모종을
심고, 무, 배추, 상추, 시금치의 씨앗을 심어두었다.

책을 보거나 글을 쓰다가 지루할 때면 수시로 밭에 나가
물을 주고, 거름을 주고 돋아나는 잡초를 뽑는 일은 여가의

선용이 될 뿐 아니라, 체력을 증진하는 계기가 된다. 움이 트고 싹이 돋아 꽃이 피고 벌, 나비가 찾아와 열매가 맺힐 때면 자연의 신비로움에 경탄할 뿐 아니라, 삭막한 도시에서도 온정을 베푸는 터전이 되고, 글을 쓰는데 요긴한 말이 우러나오는 전당이 되기고 한다.

자급자족으로 채소와 과일을 먹을 때마다 일을 한 보람을 느끼고, 무공해 식품으로 마음 놓고 먹을 수 있으며 가꾸는 재미와 나누어주는 즐거움은 이루 말할 수 없는 데다 신선한 공기가 배출되어 건강을 도모하는 촉매가 된다.

모든 생물은 환경에 적응하는 저마다의 특성을 지닌 모양이다. 똑같이 가꾸었는데도 맛이 서로 다르고, 충실한 결실이 되는 것이 있는가하면 다 함께 돌보아주었는데도 우열이 드러나는 것은 저마다 좋아하는 토양의 영향인지도 모른다.

가을이 되면 저마다 곱게 단장을 하고 특유의 향기를 뿜어내는 나무의 열매와 채소도 있다. 그 맛은 오로지 조물주가 인간에게 베풀어주는 산해진미가 아니던가. 우리 집 식탁에는 언제나 자급자족하는 먹거리가 푸짐하고, 감자를 캐고 난 빈자리에는 김장배추가 무럭무럭 자라고 있다.

옥수수, 토마토, 딸기, 감자는 여름철의 둘도 없는 간식이 되고 대추, 산수유 모과 열매와 자약뿌리는 몸에 좋은 보약이 된다. 어찌 그뿐이랴. 찬바람에 거실로 옮겨놓은 예쁘기 그지없는 성탄화는 빨갛게 눈을 뜨고, 성탄절이 오기를 손꼽아 기다리는데, 난 중의 난인 귀중한 우리나라 춘란은 꽃눈을 품에 안고 엄동설한을 지나 다가오는 봄을 기다리고 있다.

난이 얼마나 고고한가를 내 노래로 불러본다.

오묘奧妙한 움을 틔어/ 고매高邁한 기품으로/ 찌는 듯 한 삼복三伏 더위/ 부단不斷히 참아내고/ 엄동설한嚴冬雪寒 내딛고서/ 단아端雅한 꽃을 피워/ 은銀빛 혀를 밀어/ 향기香氣를 뿜는구나/ 군자君子가 되라하고/ 향기를 뿜는구나.

- 춘란春蘭

병마에 시달리는 몸이라 '사생死生이 유명이라.'는 말이 실감 난다. 생사의 기로岐路에서 허겁지겁 농사를 지으며 글을 쓰고 살아온 지도 벌써 강산이 두 번이나 변하였다. 인간다운 인간이 되고, 문인다운 문인이 되기 위한 끊임없는 고난을 감수하며 작은 밭에서 일을 하다가 보니, 인생은 늙는 것이 아니라 날로 새로워지고, 세월은 누구에게나 공평하게 주어지는 자본이다. 이 자본을 유용하게 활용하는 사람이어야 소기의 목적을 달성할 수 있다.

사람답게 살아가려면 지금 이 시간에 성실하라. 이 시간이야말로 자연이 우리에게 나누어주는 가장 소중한 선물이다. 사람에게 소중한 것은 이 세상에서 얼마나 오래 살았느냐가 가늠하는 것이 아니라, 이 세상에서 얼마나 보람 있는 일을 하였느냐에 비롯되는 것이다. 원대한 희망을 품어라. 희망을 가져야만 어떠한 난관에 봉착하더라도 능히 극복할 수 있을 것이다.

이 말은 나의 흉금胸襟을 스쳐 뇌리腦裏에 떠오른 말이다. 주옥같은 말이 아닌가? 파란만장한 인생의 여로에 이 글도 작은 밭에서 얻은 큰 소득이다. 기나긴 한평생을 돌이켜보니 '인생이란 끊임없는 행복 추구이다.'

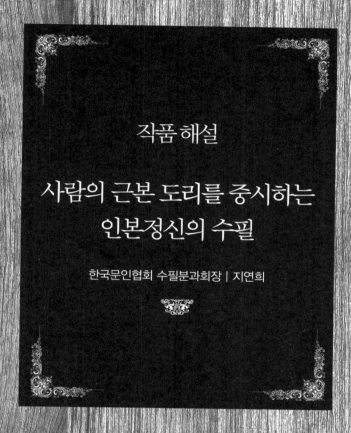

작품 해설

사람의 근본 도리를 중시하는
인본정신의 수필

한국문인협회 수필분과회장 | 지연희

사람의 근본 도리를 중시하는 인본정신의 수필

지연희(한국문인협회 수필분과회장)

수필은 자신이 몸소 체험한 삶의 편린들을 백지 위에 문자로 다듬어 내는 가장 진솔하고 진실한 정서의 표현이다. 때문에 저자의 어떤 이야기이든 자신의 배경에서 벗어날 수 없는 주관적 메시지가 된다. 수필은 품격의 문학이라거나 선비의 문학이라는 지칭을 받았던 이유도 그와 같은 견해에서이다. 남대석 수필가의 수필집 「영혼의 산책」은 17년의 교직 생활을 접고 문단 활동을 시작하여 수필가로의 제2의 삶을 재정립하는 엄선된 수필집이라고 보아야 할 것이다. 아베와 어메로 지칭하고 있는 부모님에 대한 자식의 도리와 아내와의 인연과 자식 사랑을 살뜰하게 짚어내고 있는 이 수필집은 결국 사람으로의 본분을 깨우치는 교훈적 메시지가 많다.

수필은 어느 장르보다 알몸의 '나'를 보여주는 문학이다. 하여 매우 조심스런 발걸음으로 독자에게 전하려 하는 의미를 향해 다가서야 한다. 그런 견지에서 보면 남대석 수필가의 수필은 겸허하고 심도 깊은 자세로 주제에 접근하고 있다. 작가의 주관적 체험의 서술이, 객관적 시선으로 읽는 독자의 정서를 움직일 수 있다는 것은 쉽지 않은 일이다. 그럼에도 남대석 수필은 개인사적 이야기를 뛰어넘는 특징을 여러 편의 글에서 보여준다. 수필 「까치 새끼 부럽다」, 「낚시의 진수」 등의 작품이다. 보편성을 지닌 신변수필을 수필문학으로 끌어 올릴 수 있다면 성공한 수필이다.

어른은 아이의 거울이다. 어른인 나부터 아이에게 좋은 본보기가 되도록 바르게 살아갈 뿐 아니라 아이도

착하게 자라도록 선도를 소홀히 해서는 안 되는 일이
다. 하루하루 달라지는 까치 새끼들의 나는 모습을 보
아오다가 며칠이 지났다. 저녁노을 등에 지고 퇴근길에
드는데 "아빠! 아빠!"하고 부르며 귀여운 딸아이가 내
게로 풀풀 날아온다.

겨드랑이 움켜 안고 '아이고 귀여워라.' 하고 추스르
며 웃음꽃을 피우는데 까치 떼가 둥지를 찾아 창공을
날아든다. 며칠 전만 해도 뒤뚱거리던 까치 새끼들이
하늘을 훨훨 날아 둥지를 찾아드니 부럽기 그지없다.
지성이면 감천이라 하늘인들 무심할까? 귀여운 딸아이
를 다시 한 번 추스르며 '나도 귀여운 딸아이를 훌륭하
게 자라도록 가르쳐 주겠다.'하고 다짐을 하여 본다.

– 수필 「까치 새끼 부럽다」 중에서

잠자리에 누웠어도 잠은 쉬 들지 않고 그 새 그 노래
가 귀에 쟁쟁 울리고, 사사망념 솟구치고, 번뇌에 쌓이
니 꽃피는 시절에 보았던 『금강경』이 불현듯 떠오른다.
사람들이 무엇 때문에 사는지 무엇을 하기 위하여 살

고 있는지 그저 막연히 태어났으니 살 때까지 살아가
는지 나는 모른다. 그러나 살고 있는 사람들이 잘 살려
는 욕망은 인류의 공통된 염원인 줄 안다.

– 중략 –

잘사는 것이란 부족함이 없는 것이고, 써도 다하지
않은 것이요, 구할 것이 없는 것이요, 근심과 고통과 원
망과 분함이 없는 것이요, 공포와 비애와 미움과 질투
도 없는 것이요, 성쇠의 변함과 강제와 구속이 없고 해
탈과 자유가 있는 것이요, 늙지 않고 병들지 않고 죽지
않는 것이 잘사는 것이요, 보다 위上 없는 것이요, 마음
에 흡족한 것이 잘사는 것이다.

– 수필 「산비둘기의 교시」 중에서

어느 날 미물인 까치 어미가 새끼를 정성껏 돌보며 훈육
하는 과정을 바라보던 화자의 '자식 사랑 키우기'가 수필 「까
치 새끼 부럽다」의 주제이다. 선생의 본분으로 자식 교육은
잘하고 있는지에 대한 부모의 자성이 어미 까치의 모성으로
발현되는 과정이다. '남의 자식 잘되라고 노심초사하면서도

철없는 내 아이를 운다고 야단치고, 저지레 한다고 두들겼지 이리해라 타이르고 저리해라 가르쳤나!' 하며 자신을 나무라는데, 화자에게 까치 어미는 올바른 행실을 눈 뜨게 한 스승인 것이다. '기껏 해준다는 일이 귀여울 땐 안아주고 울어대면 호통쳤다'는 화자의 미흡한 자식 교육은 '세 살 버릇 여든까지 간다'는 조기 예절교육의 당위성을 설득하고 있다. '어른은 아이의 거울'이라 언급하고 있는 화자의 의도를 들여다보면 그 본질에 닿게 된다. 이 수필은 까치 부자와 화자의 부녀 사이(소재)로 연결된 삶의 교훈이다. 무엇이 옳고 그른 일인지에 대한 독자에게 던지는 심도 깊은 메시지이다.

남대석 수필가의 수필 속에는 자연친화적인 소재들이 많은 편이다. 특히 위에 인용한 수필의 제재인 '까치'나 '산비둘기' 같은 날짐승들의 삶을 지구촌 생명존재의 지난한 생존의 과정으로 짚어내고 있어 큰 가치를 부여하고 있다. '사람들이 무엇 때문에 사는지 무엇을 하기 위하여 살고 있는지, 그저 막연히 태어났으니 살 때까지 살아가는지 나는 모른다.'는 고뇌는 보편적인 사람들이 갖는 분심이다. 또한 나뭇가지에서 고막을 흔드는 산비둘기의 울음이 번뇌가 되어 심란해

하지만 결국 '금강경'의 말씀으로 이 수필의 화자는 깊은 성찰에 이르게 된다. '우리 인간은 누구나 태어날 때부터 자아의식自我意識이 발달하여 아我라는 강한 집념執念을 갖게 된다고 본다. 이 집념으로 나라는 아성我城이 세상에서 가장 무서운 병'이라는 것을 깨우치고 있다. 산비둘기의 교시인 것이다.

이성은 사람이 타고난 세 가지 심적 요소 곧 지知, 정情, 의意를 가지며 이의 보고寶庫는 양심이다. 이곳은 신성불가침의 자아다. 양심은 사물의 선악, 정사正邪를 가진다. 그리하여 모든 행동은 마음에서 우러난다. 드러나지 않는 마음이라도 잘못을 저지른다면 형벌보다 무서운 양심의 가책呵責을 받는다. 이것이 인간 스스로를 다스리는 최선의 방편이다.

그러나 어떠한 행동에도 불구하고 양심의 가책을 받지 않는 것이 있다. 그것은 오로지 밤하늘의 샛별처럼 반짝이는 영혼이다. 이는 사색思索의 나래를 펴고, 신성불가침인 인간의 내면을 꿰뚫어 보는가 하면 못 이룰

| 작품해설 |

곳이 없고, 못다 할 일이 없다. 이 글 또한 고요한 아침의 자유분방한 영혼의 산책이다.

- 수필 「영혼의 산책」 중에서

부모의 은덕을 갚고자 하면 은혜가 하늘같이 다함이 없다. 어버이가 살아계시면 예禮로써 섬기며, 돌아가시면 장사葬事 때에도 예로써 모시며 제사祭祀를 모실 때도 예로써 지내야 함이 지당하지 않겠는가…. 어매 병을 고치려다 시신으로 모신 죄를 사하려고 소상한 해를 내가 모시고 아침, 저녁으로 상석을 올리고, 초하루 보름날이면 진수성찬을 차려 올려 살아생전 못한 효성 때 늦으나 하여보랴 지성으로 명복을 비니 지성이면 감천이라 못난 자식 용서하려 먼 길 찾아오셔 맛있게 잡수실까?

오매불망 친정 걱정 하신 어매 그 영혼은 수몰되어 폐허가 되고 어르신네 세상 떠나 머무를 곳 없는데도, 자라난 고향이라 원촌하늘을 떠도시나 '내 자식이 좋다.'하고 주손 댁에 머무실까! 우리 어매 "진성眞城 이씨

李氏 19세世, 이황李滉 15대代 중中자 계啓자 3녀女 차필妣
卌이라."묘 가장실 상촌 동편 을좌로 고위와 합폄하니
오호 애재로다. 슬프고도 슬프구나. 삼가 명복을 지성至
誠으로 빕니다.

    – 수필「우리 어매 넋은 어디에 머무실까」중에서

    남대석 수필의 총체적인 메시지는 전직 교육자로 곧은 풍
성과 태어나고 성장한 지역 정서의 미풍양속에 스민 사람
의 근본 도리를 중시하는 인본정신에 있다. 수필「천륜을 일
깨우다」,「우리 어매 넋은 어디에 머무실까」,「원한을 달래
다니」,「남기고 싶은 말」,「행복의 지름길」,「아름다운 노년의
삶」,「영혼의 산책」등 부모를 공경하는 효친 정신이 생명처
럼 살아 있으며, 자식을 교육함에도 부모가 거울이 됨을 앞
세워 자아 찾기에 전심으로 굽힘이 없다. 수필은 종래에는
스스로의 종아리를 치는 인품의 문학으로 볼 때 남대석 수필
은 그 본연의 작업을 한 권의 수필집으로 시도했다고 생각된
다. 만연한 연세로 시작한 수필가, 시인의 이름이지만 그 바
탕이 젊은 시절부터 이어온 습작의 결과물로 이제 본격적인

문사로서의 자리매김을 보여주셨다고 믿는다. 앞으로 더욱
굳건한 필치를 보여주시어 한국 수필 문단에 이바지하여 주
시기를 이 싱그러운 신록의 계절에 기원 드린다.

영혼의 산책

영혼의 산책

남대석 수필집